追われもの二　孤狼

金子成人

追われもの二　孤狼

DTP　美創

第一話　再会

一

たぷたぷという水の音が耳について、丹次《たんじ》は慌てて身体《からだ》を起こした。

その拍子に、床がほんの少し揺れた。

昨夜、薬研堀《やげんぼり》に近い大川端に係留されていた屋根船に潜り込んで寝たことを、丹次は思い出した。

屋根船の白んだ障子戸を細く開けると、外は日の出前だった。

川の水が、船べりで音を立てている。

江戸に着いてから、何度か、水の音にどきりとすることがあった。

文政四年となった今年の二月、八丈島を筏《いかだ》で逃げ出した丹次は、島伝いに北上して、艱難辛苦《かんなんしんく》の挙句《あげく》、やっとのことで伊豆に流れ着いた。

途中、三宅島でひと月を過ごしたものの、あとのひと月近くは、大海原で波と闘った。一瞬でも気を抜けば、荒波に呑み込まれて死んでしまう、そんな恐怖におののいた日々の記憶が、時々、水の音で蘇《よみがえ》るのだ。

浅草、橋場の博徒、欣兵衛《きんべえ》の子分だった丹次が、賭場に踏み込んだ役人に捕まったのは三年前の文政元年六月、二十三の夏だった。

遠島の刑を申し渡された丹次は、その年の九月、八丈島に流された。

捕まった仲間のうち、遠島先として八丈島を申し渡されたのは、丹次と欣兵衛だったが、船中で体調を崩した欣兵衛は、もう一人の子分の流刑地、三宅島での停泊中に、死んだ。

丹次が見知らぬ流刑人らとともに八丈島に着いたのは、翌、文政二年の三月半ばだった。

ご赦免《しやめん》がない限り、島で生きるしかない。

その覚悟が、翌年、揺らいだ。

「人別《にんべつ》から外されても、身内は身内だろうから言うが、『武蔵屋《むさしや》』は去年の暮れになくなっちまったぜ」

八丈島で暮らす丹次にその話をしたのは、深川、仙台堀の博徒、利兵衛《りへえ》の子分である重次郎《じゅうじろう》だった。

博打で捕まり、遠島の刑を申し渡されたのだ。

重次郎が口にした『武蔵屋』は、日本橋室町の乾物問屋であり、丹次の実家だった。

二十一で親に勘当された丹次は人別帳から消されて、無宿人《むしゅくにん》となっていた。

重次郎が弟分から聞いた話によれば、丹次の兄である佐市郎《さいちろう》の嫁が『武蔵屋』を引っ掻《か》き回して、商売を傾かせたという。

「『武蔵屋』が傾きはじめたのは二年も前らしいが、去年の冬、ご隠居さん夫婦は首を吊って死んだそうだ。丹次、おめぇの二親《ふたおや》じゃねぇのか」

それからふた月後の暮れに『武蔵屋』は人手に渡ったらしいと、重次郎は続けた。

重次郎のもたらした話の一つ一つが、丹次の心に応えた。

「兄さんや奉公人たちは、その後どう――」

「それがよ。おめぇの兄さん夫婦がどうなったか、誰も知らねぇようだ」

重次郎の返答に、打ちのめされた。

『武蔵屋』がここまで苦しむことになったのは、勘当を受けるほどの放蕩《ほうとう》を続けた自分のせいではないかという思いにも囚《とら》われた。

行方が知れないという兄のことが気がかりだった。

やっとのことで、平穏な島の暮らしを得、馴《な》染《じ》んだ女も出来ていた丹次の心が揺らぎはじめた。

おれはこのまま、島にいていいのか。なにもしなくてもいいのか――そんな思いに苛《さいな》まれた。

だが、島抜けは命懸けである。

荒波を渡り切れるとも限らないし、役人に見つかれば、それこそ死罪となるのを覚悟しなければならない。

それでも、思い悩んだ末に、島抜けを決意したのだった。

八丈島を脱出した丹次が伊豆の西岸に流れ着き、やがて、陸路江戸に入ったのは、文政四年四月の半ばだった。

生まれ育った江戸に着いても、親類縁者を頼ることは出来ない。

丹次は、島抜けをした重罪人である。

役人はもとより、友人知人の眼を警戒しなければならない。

安堵して眠れる場所すら、いまの丹次にはないのだった。

思いあぐねた末に頼ったのは、博徒だった頃の弟分、庄太《しょうた》だった。

庄太は、丹次の兄貴分、百足《むかで》の孫六《まごろく》の子分になっていた。

孫六は役人に捕まった欣兵衛の縄張りをそっくり我が物にしたのだ。

庄太は、家に匿《かくま》ってくれたばかりか、『武蔵屋』の奉公人の消息を、率先して調べてくれた。だが、庄太の動きに孫六が不審を抱いた。

厳しい詰問にこらえきれず、庄太が居所を白状したために、丹次は孫六の手に落ちた。

丹次の島抜けは、欣兵衛親分を役人に売った自分に復讐《ふくしゅう》するためだと思い込んだ孫六は、丹次に殺意を向けた。

奪った匕首《あいくち》で孫六たちに立ち向かい、やっとのことで逃げおおせた丹次は、その夜、深川石場の切見世《きりみせ》で一夜を過ごした。

それが、四日前の四月二十五日のことだ。

塒《ねぐら》をなくした丹次は、その日を境に、江戸の町を彷徨《さまよ》うことになった。

二十六日の夜は、同じ深川の、木場に積まれた材木の陰で寝た。

その翌晩は雨で、本所にある大寺の山門の階上に上がり込んだが、宿無しが詰めかけていて足の踏み場もないほどだった。そのうえ、いかつい男の三人組が、寝場所代として一人十文（約二百五十円）を要求してくる。

丹次は仕方なく出したが、人いきれと蒸し暑さで、その夜は結局一睡も出来なかった。

昨夜、格好の寝場所を見つけた。

堀や川端に係留された屋根船である。

夜の大川に船を出して納涼を決め込むお大尽《だいじん》たちも、遅くとも四つ（十時頃）には引き揚げる。

船を岸に留めた後は、船頭も戻っては来ない。

これからの塒は、大川の屋根船だな——腹の中でそう呟いた時、東の空が白みはじめているのに気づいた。

帯を締め直し、急ぎ岸に上がる。

船宿の奉公人や船頭などに見つかったらことである。

丹次は、歩き出した。

『武蔵屋』をいいようにして潰した兄嫁のお滝《たき》と、その情夫の要三郎《ようざぶろう》を捜し出して問い詰めなければならない。

なにより、かなり眼を悪くしているという兄、佐市郎の行方を知りたい。

お滝と要三郎によって『武蔵屋』を追われた番頭の粂造《くめぞう》は、先日、病が癒《い》えることなく死んだ。

様々な思いを胸に抱えながらも、これということも出来ず、町を彷徨った。昼間は繁華な街の人混みに紛れ、夜は闇の底に身を横たえる日が続いていた。

当てにできるのは、『武蔵屋』が潰れるまで台所女中をしていたお杉《すぎ》だけだった。

お杉の住まいは、日本橋、竃河岸《へっついがし》住吉町の『八兵衛店《はちべえだな》』にある。

昨夜、塒にした屋根船のある薬研堀から、たいした道のりではなかった。

久松町を通り過ぎ、浜町堀に架かる高砂橋《たかさごばし》を渡る頃になると、背中に朝日の温みがじわりと広がった。

竈河岸は、銀座のすぐ東隣りである。

「お杉さん」

『八兵衛店』にあるお杉の家の戸口で、丹次が小声を発した。

戸障子には、『のこ　目立て　徳太郎《とくたろう》』の文字が滲《にじ》んでいる。

中からすっと戸が開けられると、

「声で分かりましたよ」

お杉が、中に入るよう、顔を動かした。

丹次が土間に足を踏み入れるとすぐ、お杉は戸を閉めた。

「いま時分お出でだということは、朝から何も食べてませんね」

「そうなんだ」

「とにかく、お上がんなさいよ」

お杉に促されて、土間を上がった。

鋸《のこ》の目立てを生業《なりわい》にしている亭主の徳太郎の姿はなかった。

「いつも日の出とともに出掛けて行くんですよ」

丹次が初めて『八兵衛店』を訪ねた時、お杉はそう口にしていた。

「この前丹次さんがいらしてからというもの、いつお出でになってもいいように、ほんの少し、おまんまを多く炊くようにしてるんですよ」

土間で朝餉《あさげ》の支度をしながら、お杉がそう言った。

「すまないよ」

丹次が頭を下げた。

「なんの」

お杉が、味噌汁の鍋をかき回していた杓子《しゃくし》を顔の前で左右に振り、ふふんと笑った。

丹次は、お杉が用意してくれた朝餉をあっという間に平らげた。

白米と味噌汁、めざしと漬物という質素なお膳だったが、追われ者には有難い御馳走だった。

「兄貴の居所を探そうとしてるんだが、なかなかはかどらなくてね」

丹次が、茶を淹《い》れてくれたお杉にぽつりと弱音を吐いた。

最後まで『武蔵屋』に奉公していた者たちに話を聞けば、兄、佐市郎の行方の手がかりが摑めるはずだと考え、以前、お杉から何人かの名前は聞いていた。台所女中だったお美津《みつ》、手代《てだい》の信吉《しんきち》、小僧の亥之吉《いのきち》の働き先と住まいは分かったものの、丹次はまだ訪ねてはいなかった。

島抜けの大罪人が訪ねて行って、相手がどう対応するのか、不安があった。『武蔵屋』の次男坊だということで話をしてくれるかもしれないし、役人に届けようとするかもしれない。

かつて、『武蔵屋』の多くの奉公人とは疎遠だった丹次に、直《じか》に訪ねて行く勇気はなかった。

「この前丹次さんがいらした後、手代だった信吉さんに会って、それとなく『武蔵屋』の最後あたりの様子を聞きましたが、佐市郎旦那の行先に心当たりはなさそうでしたねぇ」

お杉がそう言った。

「お美津とか、奥向きの女中をしていた小春《こはる》とかならもう少し詳しいことを知っているかもしれませんが」

「お美津とは、時々会ってると言ってなかったか」

「ええ。けど、この前丹次さんがいらしてからは、まだ連絡がとれなくて」

首を捻《ひね》ったお杉が、

「そうそう。この前は忘れてましたけど、他にも奉公人が居たのを思い出しましたよ。下男の弥平《やへい》さん。ただ、いまどこに居るかは知りませんけど」

と、言い足した。

「だけど丹次さん、たとえ奉公人たちの居場所が見つかっても、直に会いに行くのは剣呑《けんのん》ですよ」

「あぁ。それは分かってる」

丹次は、ため息交じりに返答した。

信用できる手足が欲しい――腹の中で呟いた。

「そうだ。二日前、庄太って名乗る若い者がここに来たんですよ」

思いがけない名に、丹次は声もなかった。

「丹次さんの行先を知らないかって、あぁた、口のあたりを切ったり、眼の周りを青く腫《は》らしたりして、ひどい顔をしてましたよ」

島抜けをして江戸に辿り着いた丹次が、最初に頼ったのが庄太である。

『武蔵屋』の番頭だった粂造の消息やお杉の住まいを探し当ててくれたのも庄太だった。

お杉の話によれば、丹次が会ってくれるなら、浅草寺奥山、淡島神社前の水茶屋『三雲《みくも》屋』の茶汲み女、おかねに言付けをしてもらいたいと、庄太はそう頼んで帰ったという。

丹次はほんの少し迷った。

庄太は、百足の孫六の子分なのだ。

「おかねという女には、丹次という名ではなく、丑松《うしまつ》って男が訪ねてくると言っております」

庄太は、お杉にそう言い置いていた。

浅草で丹次という名を出すのは危険だという、配慮だろう。

そんな気配りをする庄太を、丹次は信用することにした。

浅草に着いたのは、浅草寺の時の鐘が九つ（正午頃）を知らせてすぐだった。

お杉の家で一刻（約二時間）ばかり過ごした丹次は、のんびりと浅草を目指した。

途中、芝居小屋近くの笠屋で菅笠《すげがさ》を買い求めた。

日が昇って眩《まぶ》しいというのもあったが、百足の孫六の縄張りである橋場近くの浅草に行くのに、顔を晒《さら》すのは剣呑だった。

浅草寺境内は、相変わらず混んでいる。

押し掛けているのは江戸の者だけではない。

田植えを前にした百姓たちが、近郷近在から江戸見物にやってくる時節でもあった。

混雑は、本堂の西側の奥山まで続いていた。

奥山には、芝居小屋もあれば、見世物小屋もあった。

小屋を持たない多くの大道芸人は、境内の路面で様々な妙技を披露して見料《けんりょう》を得る。また、昼夜を問わず、奥山には女の色香を求めて多くの男どもが詰めかける。

楊弓場の矢取り女や水茶屋の女が、話次第で身体を売ることは世の男どもには知れ渡っていた。

笠を被《かぶ》った丹次は、淡島神社の近くで足を止めた。

少し笠を持ち上げて辺りを見回すと、葭簀《よしず》張りの棟割《むねわり》長屋が二棟建っていた。一つの棟に五軒の水茶屋があり、床几《しょうぎ》の並んだ表には炉《ろ》と釜が据えてあった。

『三雲屋』の幟《のぼり》を竹の先に下げた水茶屋は、右側の棟の一番手前にあった。

茶汲み女と思《おぼ》しき二人の女が、退屈そうに店先に立って通行人に声を掛けている。

丸顔で目尻の下がった二十ばかりの女と、細くてひょろりと上背のある十七、八の女だった。

「ここに、おかねさんはいるかい」

笠を着けたまま、丹次が声を掛けた。

「あたしだけど」

丸顔の女が、訝《いぶか》しそうに笠の中を覗《のぞ》き込んだ。

「おれは、丑松ってもんだがね」

笠を取って素早く辺りを見回したが、こちらに眼を留めた者は居ないようだ。

丹次が名乗った途端、おかねはケタケタと声を上げて笑い出した。

「ごめんごめん。てっきり、牛みたいな人が来るのかと思ってたもんだから」

口に手を当てて、おかねは笑い声を抑えた。そして、

「いい男じゃないかぁ」

と、丹次の腕を叩いた。

「庄太への言付けを頼めると聞いたんだが」

「あぁ。そうだよ」

おかねが、笑顔で頷《うなず》いた。

「明日の夕方、六つ半（七時頃）に浅草御蔵《おくら》、首尾ノ松で待つと伝えてくれ」

丹次がそう告げると、

「ね、ね、庄太さんの代わりにあたしが行っちゃいけないかしらね」

おかねが、丹次の太腿《ふともも》辺りを軽くつねった。

「そのうち、おれの方から誘いに来るよ」

そう言い返し、丹次は踵《きびす》を返した。

「庄太さんには伝えておくよ」

おかねの発した声に、丹次は振り向かず、片手を上げて応えた。

二

大川の川面が、わずかに残る夕焼けを映している。

六つ（六時頃）の鐘が鳴ってから、まだ四半刻（約三十分）も経ってはいない。

丹次が、ゆっくりと御蔵前に向かって柳橋を渡った。

水茶屋のおかねに、庄太への言付けを頼んだ翌日である。

丹次は昨夜も、霊岸島の川端に係留されていた荷船で眠った。

今朝は、朝から堺町の芝居小屋に入り、舞台が跳ねた夕刻、半刻（約一時間）前に小屋の木戸口を出たばかりだった。

浅草御蔵は、大川に架かる両国橋と大川橋の中間にある。

大川の西岸に諸国から集められた米を納める米蔵が数多く建ち並び、蔵の脇には船の出入りする堀があった。

御蔵前は江戸でも屈指の米問屋が軒を並べて、朝の暗いうちから商人や船乗り、人足、それに馬や牛が忙《せわ》しなく働く一帯である。

しかしいま、御蔵一帯に、朝や昼間の賑わいはなかった。

大店が大戸を下ろす音や、空馬の蹄《ひづめ》の音が長閑《のどか》に木霊《こだま》している。

丹次は、下之御門を通って米蔵の建ち並ぶ一画に足を踏み入れた。

下之御門の先に七番堀があった。

大川から直に船が乗り入れる堀は、浅草側から一番堀と呼ばれ、八番堀まであった。蔵の建ち並ぶ一帯は日陰となって、薄暗い。

丹次は、六番堀の蔵の陰に身を潜《ひそ》めた。

約束の六つ半までは、まだ間がある。

早めに御蔵に着いたのは、用心のためだった。

蔵の陰から顔半分ほどを出して、四番堀と五番堀の間の川端に植わっている首尾ノ松を窺《うかが》った。

庄太が百足の孫六の手引きをするとは思えないが、用心するに越したことはない。

しばらくすると、四番堀と五番堀の間に建つ蔵の向こうから、人影が一つ現れて、首尾ノ松に近づいた。

姿かたちからして、人影は庄太のようだ。

だが心配なのは、庄太が後を付けられていないかどうかだった。

寸刻、周辺の様子に目を凝らしたが、庄太の影以外に動くものはない。

丹次は、六番堀の御蔵を離れると、五番堀を通り過ぎたところを右へと曲がって、首尾ノ松の立つ大川端へと向かった。

足音に気付いたらしく、首尾ノ松の傍に立っていた人影が振り向いた。

「丹次の兄ィ」

かすれた声を出した人影は、庄太だった。

「呼び出して済まなかったな」

丹次が口を開いた。

それには何も答えず、懐《ふところ》の中に手を入れた庄太が、摑み出した匕首を鞘《さや》ごと丹次の前に突き出した。

「これで、おれを突くなり刺すなり、好きにしてもらいてぇ」

庄太が、丹次をまっすぐに見てそう口にした。

「なんのことだ」

庄太の思いは分かっていたが、丹次は惚《とぼ》けた。

「兄ィから親分には黙っていろと言われてたのに、おれは、殴られたり蹴られたりされるのにこらえきれず、兄ィの居所を喋《しゃべ》ってしまったんだよ」

庄太の告白は、丹次が予想した通りだった。

「兄ィに罰してもらわねぇと、おれの気持ちがおさまらねぇんだよ」

「分かった」

丹次は、突き出した庄太の右手に握られていた匕首を、鞘から抜いた。

「右手を下ろして、そのまま眼を開けてろよ」

丹次の言うことに素直に従って、庄太が眼を見開いた。

斜めに上げた匕首を、丹次が、庄太の鼻先に振り下ろした。

ビュッと、風を切る音がした。

感心なことに、庄太は瞬き一つしなかった。

「これでいいだろう」

丹次は、庄太の右腕を摑んで持ち上げると、匕首の刀身を鞘に戻した。

庄太の顔には戸惑いがあった。

「おれの居所を喋ったのは、無理もねぇことだったよ」

「いやぁ」

庄太が首を横に振った。

「おれはおめぇに、行方の分からなくなった兄貴を捜すために島抜けをしたのだとしか言ってなかったからな。それだって、嘘じゃねぇ。ただ、孫六との因縁を話してなかったのは、おれの迂闊《うかつ》だよ」

庄太は、丹次と孫六が欣兵衛親分の下、兄弟分だったことは知っていた。

だが、孫六がどういう経緯があって欣兵衛親分の縄張りを引き継いだのかは、おそらく知りはすまい。

欣兵衛の賭場を役人に密告したのは、孫六だった。

その時、欣兵衛はじめ、丹次、ほかに三人の子分が捕まった挙句、島送りになった。

丹次が孫六の裏切りを耳にしたのは、八丈島に流された後だった。

後から島に流されて来た重次郎が、江戸の噂話を口にしたのである。

だが、島抜けをした丹次にとって、孫六が縄張りを横取りしたことなど眼中になかった。

「けどよ。おめぇの口から島抜けを知った孫六は、おれが意趣返しに来たと勘違いしたんだろうよ」

丹次は庄太にすべてを暴露した。

「おれと孫六の間には、そういうややこしい事情があったんだが、それを話してしまうと、おめぇが余計な気を遣わなきゃならないと思って、伏せたんだ。だから、居所を言えという親分に口を割ったのは、子分としては当たり前のことだったよ」

「けど、兄ィが江戸に居ることは言わないという約束を、おれは」

「もういいって。――忘れろ」

丹次の言葉に、俯《うつむ》いた庄太が、片手で両眼を拭《ぬぐ》った。

辺りはすっかり日の色が失《う》せて、夜のとばりに包まれようとしていた。

丹次と庄太が入った居酒屋は、浅草御蔵から神田川の方へ行った浅草茅町《かやちょう》にあった。

もう少し南へ行くと、浅草橋である。

居酒屋の表戸は開けっ放しにされて、ほどよく川風が通り抜けていった。

「おれ、このまま孫六親分の世話になってていいのかねぇ」
二、三杯、盃を重ねた後、庄太がぽつりと口にした。
己の親分だった欣兵衛の賭場を役人に密告し、島送りにさせた孫六に、庄太はいささか失望を感じているようだった。

「出来ることなら、おれは兄ィの下で」

「それは無理だ」

丹次は言下《げんか》に答えた。

「おれは、真っ当な稼ぎもままならないし、正面からは、裏店を借りることも出来ねぇ追われ者なんだぜ、庄太」

そんな境遇の丹次が、弟分の面倒を見られるわけがなかった。

「分かったよ」

小さく頷いた庄太が、丹次に徳利《とつくり》の酒を勧めた。

店のなかは、六、七分の客の入りで、あちこちで話し声や笑い声が飛び交っていた。

「実は、おめぇに聞きたいことがあって呼び出したんだよ」

庄太の酌を受けた丹次が、幾分声を張った。

「欣兵衛親分の頃、猫又《ねこまた》って奴が居たのを覚えてるか」

「あぁ。いつも飢えたような眼をしていた男だ」

庄太が眉をひそめた。

猫又というのは、丹次が親の勘当を受ける前からつるんでいた悪仲間の、いわば頭分だった男の名だった。

猫又の他に、孤児の寅《とら》と三助《さんすけ》、貧乏御家人の倅《せがれ》、瀬《せ》倉新五郎《くらしんごろう》というのが丹次の仲間だった。

猫又が頭分になったのは、狂暴な男だったからである。

喧嘩早く、相手をやっつける時は容赦なく、とことん、死ぬ寸前まで痛めつけた。

猫又が率いる丹次たちの存在が、深川、両国界隈で噂となり、

「うちの若い者にならないか」

と、欣兵衛親分から声が掛かったのが、かれこれ七、八年前だった。

丹次と欣兵衛が賭場に乗り込んできた役人に捕まった時、猫又は他の用事を言いつかっていて難を逃れたはずである。

「その猫又が、いま、どこでどうしているか、孫六の子分たちの中に知っている者がいねぇか、おめぇに探ってもらいたいんだ」

「どうしてあんな男を」

庄太は、腑に落ちないという顔をすると、

「兄ィとはもともとの仲間だろうが、おれは、猫又が怖くて、なるべく避けてたんだ」

「分かるが、江戸の隅々に顔の広かった猫又に、なんとしても力を借りたいんだよ」

丹次が、腹を割って頼み込んだ。

「けど、昔の仲間と繋がりを持つってのは、危なくねぇかねぇ」

庄太の心配はもっともだった。

だが、『武蔵屋』を崩壊させた兄嫁のお滝と番頭だった要三郎を見つけ出すのも、兄の佐市郎を捜し出すのも、丹次一人では到底無理だと思われた。

「兄ィ、すまねぇ。おれさえうまく立ち回ってりゃ、手伝いが出来たはずなのによ」

「いいんだ。その代わり、猫又の件は頼んだぜ」

「あぁ」

庄太が大きく頷いた。

「時々、あの『三雲屋』って水茶屋に顔を出すから、分かったことがあれば、おかねに言付けしておいてくれ」

「分かった」

「『三雲屋』のあの女は、おめぇのこれか」

丹次が小指を立てた。

「違いますよ。坂本裏町の長屋に居た時分、親と一緒に隣りに住んでた幼馴染《おさななじみ》ですよ」

庄太は、怒ったように口を尖らせると、丹次の盃に酒を注いだ。

両国橋を渡る丹次の顔に、正面から朝の日射しが突き刺さる。

陽気は益々夏めいていた。

昨夜、酒を飲んだ後、庄太とは居酒屋の表で別れた。

「なんなら、田町のおれのとこに泊まってもいいけど」

別れ際、庄太がそう言って誘ってくれたが、断った。泊まったことが孫六に知れたら、庄太はまたしても窮地に立たされることになる。

丹次は昨夜、神田川に係留されていた屋根船に忍び込んで寝た。日の出とともに起き出して、本所へと向かっているのだ。

庄太と飲んだ居酒屋で、昔の悪仲間の名を口にした途端、その当時のことが懐かしく蘇った。

孤児だった寅と三助の居所はその当時も不確かだったが、御家人の倅、瀬倉新五郎の屋敷が本所にあったことを思い出したのだ。

新五郎を訪ねるつもりではなかった。

いまの丹次は、かつての友人とは言え、おいそれと顔を出せる状況ではない。せめて、遠くからでもそっと新五郎の屋敷を見てみようと思い立っただけだ。

両国橋を渡り切った丹次は、東広小路を南へと折れた。

竪川《たてかわ》の南側にある本所林町の瀬倉家には、何度か足を運んだことがあった。

遊びの行きがけに待ったり、朝方、酒に酔った新五郎を送り届けたりしたが、屋敷の中に入ったことはなかった。

竪川に架かる、一ツ目橋を渡って東へ進むと、二ツ目橋を通り過ぎた先が林町である。

町家の南側に、大小の武家のお屋敷が建ち並んでいた。

林町二丁目の小路を右に曲がると、弥勒寺《みろくじ》の東側に見覚えのある瀬倉家の屋敷があった。

屋敷と言っても、四十石取りの御家人の家は、三部屋あるかないかだとかつて新五郎は言っていた。

笠を着けた顔を軽く伏せて、屋敷の前をゆっくりと通り過ぎた。

屋敷の中から人の気配はしない。

「御家人の瀬倉様のお屋敷は、あそこで間違いありませんか」

思い切って、弥勒寺の南端にある辻番所に立ち寄って尋ねた。

「あぁ。以前は瀬倉様のお屋敷だったが。いまは、野木《のぎ》様が住んでおいでだ」

茶を啜《すす》っていた白髪の辻番が、丹次が指さしたお屋敷の方を見て、そう返事をした。

父親が亡くなって、母親と二人暮らしだった新五郎は、跡継ぎを失ったどこかの御家人の家に望まれて、養子に入ったという。

顔に皺《しわ》の刻まれた辻番に礼を言うと、丹次は五間堀に架かる弥勒橋を渡って、深川の方へ足を向けた。

思わず、ため息が出た。

時は流れているのだ。

みなの事情が変わっていても仕方のないことであった。

丹次は、つい早足になった。

深川常盤町《ときわまち》の四つ辻を右に曲がったところで、ぱたりと足が止まった。

大川に架かる新大橋へと足を向けていた丹次の眼に、『干物　昆布』と書かれた商家の掛け看板が飛び込んで来たのだ。

昆布の文字で思い出したのは、『蝦夷《えぞ》屋』だった。

肝心なところを忘れていた——丹次は、腹の中で呟いた。

『蝦夷屋』というのは、兄、佐市郎の嫁になったお滝の実家であり、要三郎が手代として奉公していた、芝、増上寺門前の昆布問屋である。

江戸に戻って間もなく、増上寺門前の商家を訪ねて、『蝦夷屋』の様子を尋ねたことはあった。

お滝は、近隣の者からの評判がよくなかった。

お滝のわがままに泣いて、やめて行った『蝦夷屋』の奉公人も数多くいたという。

佐市郎に嫁ぐ前から、お滝と要三郎は深い仲であったことまで近所に知られていた。

嫁いでからは、殆《ほとん》ど実家に顔を出すことはなかったといい、お滝と『蝦夷屋』が疎遠だということは丹次にも窺《うかが》い知れた。

直に訪ねれば、なにか手がかりが得られるかもしれない。

佐市郎とお滝の祝言で、両家が親戚となったのは、丹次が勘当となった翌年のことだから、『蝦夷屋』に顔が知られている気遣いはなかった。

三

千住大橋は、日光街道の通り道にある。

橋の長さは六十六間（約百二十メートル）にも及び、大川を渡る手前も千住宿と呼ばれてはいるが、川を越えた先の千住掃部宿《かもんじゆく》の高札場《こうさつば》から千住一丁目となり、五丁目まで千住宿の通りが延びていた。

掃部宿の飯屋で夕餉を摂った丹次が通りに出ると、旅籠《はたご》や飲み屋の明かりがぽつぽつと見えるくらいで、人通りはほとんどなかった。

明るいうちに飯屋に入ったのだが、そこで半刻（約一時間）以上長《なが》っ尻《ちり》をしたようだ。

高札場と一里塚のある四つ辻に差し掛かった丹次は、悪水落堀《あくすいおちぼり》の手前を左に曲がった。

向かっているのは、先日も行ったことのある賭場である。

実入りがなければ、この先の暮らしにも障りが出る。

定まった仕事のない丹次が、手短に稼げるとすれば、博打くらいしかない。

『蝦夷屋』を訪ねるに当たっては、夏物の着物に取り換えたかった。

古着を買うにしろ、それなりの出費となる。

昔の仲間、瀬倉新五郎が住んでいた本所に行った後、丹次は千住の博打場へと足を延ばしたのだった。

堀に架かる小さな橋を渡ると、暗がりの中に見覚えのある一軒家が見えた。

「どこへ行きなさる」

一軒家の暗がりから、いきなり男の影が飛び出して、丹次の前に立ち塞《ふさ》がった。

賭場の見張りの男だろう。

「十日ばかり前、仙台堀の利兵衛親分のお身内、蟹助《かにすけ》さんの口利きで遊ばせてもらった者ですが」

丹次は丁寧な口を利いた。

「お、あん時の」

立ち塞がった男の顔ははっきりとはしなかったが、開いた口から白い歯が覗いた。

丹次の先に立った見張りの男は、出入り口の戸を軽く叩いた。

すると中から戸が細めに開けられた。

見張りの男が何事か耳打ちすると、中から戸を開けた若い男がさらに戸を大きく開けた。

「こちらへ」

暗い土間に足を踏み入れると、中にいた男が丹次の案内に立った。

草履《ぞうり》を脱いで板張りに上がり、角を曲がると、左右の襖《ふすま》の隙間から明かりが洩れ、くぐもった人の声も廊下に流れていた。

「どうぞ」

案内に立った男が襖を開けて、丹次を部屋の中に招じ入れた。

そこでは安い掛け金で遊ぶ〈大目小目《おおめこめ》〉や〈一転がし《ぴんころ》〉に興じる男たちの輪が、二つ出来ていた。障子の取り払われた隣りの部屋では、盆茣蓙《ぼんござ》を囲んでの丁半博打が行われていた。

丹次が、〈大目小目〉の輪の近くに座るとすぐ、

「貸元が呼んでます」

先刻、案内に立った若い男が近づいて来て、耳元で囁《ささや》いた。

顔を上げると、隣りの部屋の一角に腰を据え、盆茣蓙の様子に眼を光らせていた四十半ばの男と眼が合った。

以前、一度来て四両（約四十万円）ばかり勝った時、

「堅い遊びをしなさるねぇ」

と、丹次に声を掛けた貸元だった。

「お前さん、ご同業じゃあるまいね」

と、その時は猜疑《さいぎ》の眼も向けられた。

丹次は、元は船乗りだと口にした。

船の中で、船乗り同士、素人博打をしていたのだと説明したのだった。

「難破した船から投げ出されて、九死に一生を得たんですが、それを潮に、船は降りました」

疑いを解くために、諸肌《もろはだ》を脱いで、岩場に打ち上げられた時の傷だと言って背中や胸に残った傷跡を見せた。

難破した船から投げ出されたというのは真っ赤な嘘だったが、岩場に打ち上げられた時に付いた傷というのは、事実だ。

丹次の身体のあちこちに残る無数の傷跡は、島抜けをして大海原を渡り切った証《あかし》だった。

「気が向いたら、また遊びに来なよ」

丹次は、初めて来た日の帰り際、貸元からそう声を掛けられていた。

「お言葉に甘えて、来させていただきました」

丹次が、貸元の前で両手を突いた。

「おぉ。あんたのことは覚えているよ。駒を回すから、太い遊びをしていきなよ」

貸元が、盆茣蓙での丁半博打を勧めた。

丹次は受けた。

厚意を無にすれば相手の不興を買うことにもなりかねない。

今後の為にも、素直に受け入れた。

駒を借りても、元を取れる自信があった。

前に来た時に、壺振りの壺も賽子《さいころ》も、いかさまだということは見抜いている。

盆茣蓙の前に座って一刻（約二時間）ほどの間に、敢えて勝ち負けを繰り返した
丹次は、八両（約八十万円）を超す金を手に入れた。

借りた駒代分の二両を返し、

「これは皆さんの煙草《たばこ》銭に」

と、丹次は、貸元の前に二分（約五万円）を置いた。

丹次が欣兵衛親分から教わった、縄張りの外の博打場で勝った時の作法だった。

宿場町は朝の暗いうちから動き出す。

早立ちの旅人も多く、遠く近くで鶏が鳴き声を上げ、荷車の走る音や牛のいななきが街道に響き渡る。

丹次は、日光街道に面した、掃部宿の旅籠の二階ですっきりと目覚めた。

昨夜、賭場の帰りに飲んだ酒が眠りを深くしてくれたようだ。

千住は江戸町奉行の管轄外ということもあり、泊まり客の素性の詮議などが緩いことは、無宿者にとっては幸いだった。

朝餉を摂り終えた頃、朝日が射した。

五月になって、すでに三日が経っている。

旅籠を出た丹次は、真っ先に、千住大橋に近い橋戸町の古着屋に飛び込んだ。

若竹色に柿色の微塵格子《みじんごうし》の一重と、紺の角帯《かくおび》を買い求めた。

それまで着ていた袷《あわせ》と帯は、古着屋が四十文（約千円）で引き取ってくれて、丹次には月遅れの衣替えとなった。

千住大橋は、北から江戸へ、江戸から北へと向かう人馬が行き交っている。

橋戸町から橋の袂《たもと》に向かった丹次は、大川の河原に下りた。

橋の上下一帯では、小船から荷を降ろしたり、荷を積んだりする男たちが動き回っている。

「船着き場に行けば、話次第で、日本橋の方に乗せてってくれる船があるかもしれないよ」

そう口にしたのは、朝餉を運んで来た旅籠の女中だった。

「兄さん、この船はどこまで行くんだね」

船に荷を積み込んでいた、菅笠の船頭に声を掛けた。

「茅場《かやば》河岸だよ」

手を止めて丹次に眼を向けた船頭は、顔も手足も日に焼けていた。

「金は払うから、茅場河岸まで乗せちゃくれねぇかねぇ」

「荷の積み降ろしを手伝ってくれるなら、いいよ」

年格好が丹次と同じくらいの船頭が、屈託なく請け合ってくれた。

丹次が向かおうとしているのは芝だが、日本橋、茅場河岸までの船旅が叶うなら御の字である。

「それじゃ、世話になるぜ」

声を掛けた丹次は、船に荷を積む手伝いに取り掛かった。

芝、神明町《しんめいちょう》を通り過ぎて、浜松町に差し掛かった辺りで増上寺の時の鐘が四つ（午前十時頃）を打ち始めた。

千住から日本橋、茅場河岸に向かう船に乗ってから、一刻半（約三時間）が経っていた。

茅場河岸で船を降りた丹次は、表通りを避けて霊岸島から築地へと進み、汐留橋を渡って芝口に至る道を取った。

夏の日がじりじりと照り付け、菅笠を被っているものの、額には汗が滲む。

浜松町一丁目の角を右へ曲がった先に、増上寺の大門があった。

『蝦夷屋』の様子を探りに、この辺りに来たのは十日ほど前の先月のことである。

その時は、近隣の甘味処や芝神明の瀬戸物屋を訪ねただけだった。

『蝦夷屋』は、中門前一丁目と片門前一丁目の小路を入ったところにあった。

間口六間ほどの店頭には、『昆布問屋　蝦夷屋』の看板が下がっている。

「御免なさいよ」

丹次は、菅笠を取りながら『蝦夷屋』の土間に足を踏み入れた。

土間の先には板張りがあって、手代や小僧らが昆布の束を框《かまち》の近くに置き、人足がそれを表に停めた荷車へと積み込んでいた。

「なにか」

帳場に座っていた番頭らしい男がしぶしぶといった様子で立って、丹次の前に膝を揃えた。

「わたしは、神田三島町の貞七《さだしち》と申しますが、こちらの手代、要三郎さんをここへ呼んでいただきたいと思います」

丹次が、丁寧な口を利いた。

「そんな者、ここにはいませんよ」

丹次の前に座った四十半ばほどの男は、露骨にしかめっ面をした。

「たしかに『蝦夷屋』の奉公人だと口にしてましたがね」

「いつの話ですかな」

「五年以上も前になります。わたしが五両（約五十万円）という金を貸した時、要三郎さんはそう言ったんですよ」

　作り話をした丹次が、ため息を洩らした。

「なるほど、五年前ですか。それなら分かります。要三郎は、いろいろあって、五年前にここをやめてますからね」

　番頭らしい男は、素っ気ない物言いをした。

「その後、要三郎さんはどこに行ったか、お分かりじゃありませんか」

「さぁ、知りませんな。ですからもう、『蝦夷屋』とあの男とは一切関わりはありませんので、どうかお引き取りを」

「こちらの番頭さんですか」

　丹次は、突然問いかけた。

「へぇ」

　番頭が、訝しそうな声を出した。

「わたしが、金を貸した相手にはなんとしても返してもらいたいと、お上に届ければ、もしかするとお役人がこちらに、要三郎さんの行方などを尋ねに来るかもしれませんが、それは構いませんね」

丹次は、慇懃《いんぎん》に、ねちっこい物言いをした。

「しかし、そういう、とっくにやめた奉公人のことでお役人に来られては、『蝦夷屋』の世間体が」

番頭の顔に戸惑いが走った。そして、

「こちらへ」

と、丹次を土間の隅に案内し、掛けるように手で促した。

「番頭さん。お役人にはまだ話しませんから、ここでわたしに要三郎さんのことをお聞かせ願えませんか」

框に腰掛けるとすぐ、丹次は切り出した。

「それはどういう」

番頭が、縋《すが》るように丹次を見た。

「要三郎さんは、どういう伝手《つて》でこちらの奉公人になったんですかねぇ」

「それは、わたしどもの蔵番をしていた男の、上総《かずさ》の方の知り合いの息子だということで、小僧として雇い入れたのが十四、五年前でしたか」

番頭が、ため息をつくと同時に遠くに眼を遣《や》った。

「若いのに如才のない男でして、十八で手代になりましたよ」

「それは、早い出世ですか」

丹次が探りを入れた。

「まぁ、そうです」

番頭は渋い顔をした。

家業の乾物問屋に関わったことはないが、『武蔵屋』の倅としては、お店の事情くらいは知っている。

手代に取り立てられるには、少なくとも五、六年は小僧を務め上げなければならない。

要三郎の出世には、おそらく『蝦夷屋』の娘、お滝が関わっていたに違いあるまい。

「出世した要三郎さんが、どうしてやめることになったんです？」

「存じません」

番頭が、頭のてっぺんから声を出した。

お滝と要三郎の仲が、『蝦夷屋』の内外で囁《ささや》かれたことが原因だということは、丹次の耳にもすでに入っていた。

「要三郎さんをこちらに口利きをした、蔵番のお人に会いたいんですがね」

丹次がそう頼み込むと、

「要三郎がやめた後、すぐにここをやめましたよ」

番頭が、つれない返事をした。


昆布問屋『蝦夷屋』を後にした丹次は、匂いに誘われて、神明門前町の鰻屋に飛び込んだ。

昼餉を済ませて、京橋に行くつもりである。

要三郎を『蝦夷屋』に口利きをした蔵番の利助《りすけ》の住まいは、京橋の水谷町にあるという。

蔵番の住まいを尋ねた時、番頭はほんの少し迷った様子だったが、役人絡みになることを懸念したのか、いまも利助と交流を続けているという『蝦夷屋』の奉公人を教えてくれ、丹次はその奉公人の口から利助の住まいを知った。

「利助さんが帰るのは、いつも七つ(四時頃)時分だよ」

その奉公人は、利助は灰買いを生業にしているとも言い添えた。

竈《かまど》を持つ商家や料理屋などを回って灰を買い集め、灰問屋に売るのである。

灰は、染色業や製糸業で重宝される触媒になる。

半刻（約一時間）ほどで昼餉を済ませた丹次は、鰻屋を出ると京橋へと足を向けた。

芝から京橋は、それほど遠い道のりではない。

だが、七つまでには大分間があった。

丹次は、木挽町《こびきちょう》の芝居小屋に近い寄席《よせ》に入って時間を潰すことにした。

この頃は、落語や手技、影絵などが盛んで、江戸市中には二百を超す寄席があった。

一町内に一つの寄席があるとも言われていた。

時間潰しに入った寄席の片隅でうとうとしていたのだが、船遊亭扇橋《せんゆうていせんきょう》の音曲噺《おんぎょくばなし》は面白く、眠気が吹き飛んだ。

一刻（約二時間）余りで寄席を出た丹次は、木挽町とは眼と鼻の先の京橋、水谷町へ向かった。

八丁堀へと繋がる京橋川と、三十間堀の間にある水谷町の木戸を潜《くぐ》ると、

「灰買いの利助さんは、お帰りかね」

丹次は、洗濯物を取り込んでいた四十ばかりの痩せた女に声を掛けた。

「いつもは、もうそろそろだけどね」

痩せた女はそう返事をすると、乾いた洗濯物を抱えて、二棟が向かい合った棟割長屋の一軒に入って行った。

女が入った家の、路地を挟んだ向かいに『灰　利助』と墨で書かれた戸障子があった。

利助の住まいに違いなかった。

木戸門の脇に立って待っていると間もなく、五十に近い男が、空の蓆《むしろ》の袋を下げた天秤棒を担いで表通りからやって来て、木戸を潜り、『灰　利助』と書かれた家の前に立った。

「利助さんですね」

丹次が、声を出しながら天秤棒の男に近づいた。

「利助だが、お前さんは」

日に焼けた顔の金壺眼《かなつぼまなこ》を、怪訝《けげん》そうに丹次に向けた。

丹次は、金を貸した要三郎を捜しているのだと口にして、ため息をついてみせた。

「顔を洗ってくるから、中で待ってなよ」

戸を開けると、利助は天秤棒を戸口の横に置いて、井戸端へと歩き去った。

丹次は、利助の家の土間に足を踏み入れ、框に腰掛けて待った。

九尺二間の利助の家は、どこにでもある長屋の間取りだった。

見回してみたが、一人暮らしのようである。

「待たせた」

手足も洗い流した利助が戻って来て、腰掛けた丹次の横をすり抜けて土間を上がった。そして、

「要三郎に貸した金は諦めるんだね」

板張りに座るなり、利助はさらりと口にした。

「あいつは、借りた物を返すような殊勝な心掛けなんかありゃしないよ」

とも、続けた。

「しかし、『蝦夷屋』に口を利いたのは利助さんじゃあ」

「要三郎の父親に頼まれたからだよぉ」

利助は、怒りのこもった声で、言いかけた丹次の言葉を途中で断ち切った。

利助も要三郎も、上総国の同じ村の出だった。

江戸の大店である『蝦夷屋』に蔵番として奉公していた利助は、要三郎の父親に頭を下げられて、仕方なく口を利いたという。

「そうしたらあの野郎、いつの間にか『蝦夷屋』の娘とわりない仲になりやがって」

利助は、忌々《いまいま》しげに口を歪《ゆが》めた。

「ほう」

娘とは、お滝のことだろうが、丹次は惚けた。

田町の蠟燭《ろうそく》屋に嫁いだお滝が、半年もせずに婚家を追われて『蝦夷屋』に戻ったことは、死んだ条造から聞いていた。

丹次の父や親戚が奔走して、兄の佐市郎の嫁にと選んだのが、よりにもよって『蝦夷屋』のお滝だった。

「中には、要三郎は『蝦夷屋』の娘の毒牙にかかったという者もいたよ。逆に、要三郎がたらし込んだという者もいたが、そんなこたぁどうでもいいんだ。不始末をしでかした要三郎に腹が立つんだよ」

大分前のことながら、利助は昨日の出来事のように怒りをこめた。

要三郎を雇い入れるよう、『蝦夷屋』に口利きをした利助はいたたまれず、暇を取ることにしたのだった。

「『蝦夷屋』の蔵番を務めたおれが、町を歩いて竈の灰を買い集め、問屋に売ってちまちまと暮らしを立てるという、なんとも情けねぇ有様さ。それもこれも、要三郎のせいだ」

「いま、要三郎さんがどこでどうしているか、分かりませんか」

丹次に眼を向けた利助が、ほんの少し間を置くと、ぽつりと洩らした。

「恩を仇で返すような奴は、死んでいてほしいね」

四

深川の海辺は、潮の匂いが強いような気がした。

品川や芝、霊岸島にしても海に面したところだが、深川ほどの強い潮の匂いを嗅いだ覚えがなかった。

丹次が逗留している場所のせいかもしれない。

深川石場の切見世は、江戸湾に面した越中島新田《えっちゅうじましんでん》の北側にあって、海風をまともに受けていた。

越中島と大島町の間を流れる大島川に架かる三蔵橋に朝日が射した。

橋の袂で釣りをしていた丹次は、釣り糸を竿に巻き取った。

夏場の釣りは、朝の涼しいうちに限る。

日が昇ると暑苦しいし、魚は日陰を求めて隠れてしまう。

夜明けとともに釣りを始めた丹次は、日が昇るまでの間に鱚《きす》を六尾釣り上げていた。

鱚を入れた手桶を持つと、三蔵橋からほど近い、深川石場へと足を向けた。

石場は、深川七場所と称される岡場所の一つである。

百足の孫六と刃傷沙汰となった丹次が、日本堤の稲荷から遁走《とんそう》して逃げ込んだのが石場だった。

昔なじみの女を当てにして訪ねたのだが、当の女は死んでいて、二十半ばのおとよという女の部屋で一晩を過ごしたのが、先月のことだった。

『蝦夷屋』の元蔵番の利助を訪ねた日の夜から、丹次は再び、おとよの客になった。

一晩の買い切り代として一朱（約六千五百円）を出すと、大喜びで承知してくれた。

一人の客も来ない日もあるし、一日で百文（約二千五百円）を稼げば御の字の切見世の女にすれば、一朱は大金である。

石場の女を見張ったり、客とのいざこざを収めたりする地回りの男たちと顔見知りになっていた丹次は、おとよの部屋での居続けを許された。

一日一朱を払う客は安心だし、地回りの実入りにも繋がるのだ。

「あら、今朝も釣りだったのぉ？」

客を送り出したばかりの、向かいの部屋のお吉《きち》が、そう口にするとすぐ、大欠伸《あくび》をした。

「鱚が釣れたから、刺身でも塩焼きでもしてやるぜ」

釣果を持って切見世に戻った丹次は、路地の奥の井戸端に向かった。

「おとよちゃん、丑松さんは今朝も魚釣ってきたよ」

「へぇ、ほんと」

お吉の声に答えたおとよの声がした。

昨日今日と、丹次は、二日続けて朝の釣りに出掛けた。

おとよを買い切ったとは言え、部屋に閉じ籠《こも》っているのは退屈である。

朝は釣りをし、日が昇ったら永代寺門前や富ヶ岡八幡に足を延ばした。

切見世から出られない女たちに代わって、買い物をしてやったのだが、大いに喜ばれた。

「丑松さんは、魚も捌《さば》けるし、なんでも出来るんだねぇ」

井戸端にやってきたおとよが、鱗《うろこ》を取る丹次の横にしゃがみ込んだ。

「以前は船乗りだったと言ったろう」

そう返事をした丹次は、鱚の鱗を洗い流した。

魚を捌くのを覚えたのは、流刑地の八丈島だった。

流人は、寝る場所にしろ、着るものにしろ、食べることにしろ、すべて己の裁量に任された。人に頼っては生きて行けなかったのだ。

「おとよさん、この魚を捌いたら、おれは行くところがあるんで、お暇させてもらうよ」

そう言って、丹次が小さく頭を下げた。

「だけど、みんながっかりするよ。丑松さんには助かる助かると言ってるからさ」

「なにも、これっきりというわけじゃない」

「ほんと？」

「あぁ」

丹次が、頷いた。

それは偽りのない気持ちだった。

おとよという女は、どうして居続けするのかとか、どんな仕事をしているのかとか、詮索したがらないところが、気が楽でいい。

それに、深川石場という場所も、無宿者の丹次には都合がよかった。

浅草広小路へと歩を進めている頃、浅草寺境内から時の鐘が聞こえてきた。

時刻は九つ（正午頃）だった。

深川を後にした丹次は、大川の東岸をひたすら北へ進み、中之郷竹町《なかのごうたけちょう》の先で大川橋を渡った。

浅草寺奥山の水茶屋『三雲屋』の茶汲み女、おかねが目当てだった。

昔の悪仲間、猫又の行方探しを頼んでいた庄太から、何か言付けがないかと確かめに来たのだ。

もし何もなければ、また深川に戻るか、大川端で空いた屋根船を探せばいい。

目深に被った菅笠の下から用心深く辺りに眼を遣ると、風雷神門を潜って浅草寺の境内へと足を踏み入れた。

奥山は、相変わらず賑わっていた。

淡島神社近くの水茶屋『三雲屋』の小屋に、おかねの姿はなかった。

「あぁ、おかねちゃんは今日、八つ（午後二時頃）過ぎじゃないと来ないよ」

尋ねた丹次に返事をしたのは、見覚えのある、ひょろりと上背のある女だった。

「兄さん、何日か前にもここに来たわね」

ひょろりとした女が、思い出したように丹次を見た。

「どこかで暇を潰してくるよ」

軽く手を上げて、丹次は踵を返した。

浅草なら、暇を潰すのに苦労はない。

奥山には芝居小屋も見世物小屋もあるし、浅草寺の周辺には料理屋など、様々な店が軒を並べていた。

丹次は浅草寺を出て、並木町の蕎麦屋で冷や酒と盛り蕎麦を頼んだ。

半刻（約一時間）ばかりで昼餉を済ませると、笠を被った丹次は駒形河岸へと足を向けた。

八つまではあと半刻ばかりある。

大川端をのんびり歩いて、花川戸から馬道へと向かい、随身門から浅草寺境内に戻るつもりだった。

花川戸から馬道の通りに出かかった丹次は、足を止めた。

思わず笠を目深に被ると、寺の塀際にさりげなく身を潜《ひそ》めた。

南馬道からやってきた男三人の内、二人に見覚えがある。

かつては橋場の欣兵衛親分のもとにいた、安吉《やすきち》と権太《ごんた》だった。

丹次の兄貴分だった二人は、島流しに遭った欣兵衛の縄張りを横取りした、孫六の子分になっていた。

孫六の縄張りは橋場だが、地続きの浅草に足を踏み入れる時は、やはり用心が要る。安吉と権太は、もう一人の仲間と、肩で風を切るようにして随身門の前を北馬道の方へ歩き去った。

浅草寺の境内に入った丹次は、奥山へと急いだ。

本堂の前を突っ切って、淡島神社前の水茶屋『三雲屋』に行くと、

「待ってましたよ」

茶汲み女のおかねが、丹次を笑顔で迎えた。

八つには少し間があったが、ほんの少し前に仕事に就いたのだとおかねは口にした。

「丑松さんが訪ねて来たらって、庄太さんに頼まれたものがあるんです」

そう口にしたおかねが、帯の間から畳んだ紙を取り出して、丹次に差し出した。

『こまこめ　ふじまえちょう　おけまさ』

四つに畳まれた紙を開くと、そう記されていた。

おそらく、『駒込　富士前町　桶まさ』だろうと思われた。

「庄太さん言ってたけど、兄貴分のなんとかって人が、駒込で働く猫又さんを見かけたんだって」

おかねが、そう言い添えた。

「ありがとうよ」

おかねの手に二十文（約五百円）を握らせた丹次は、急ぎ浅草寺を後にした。

浅草から山下へと向かった丹次は、不忍池《しのばずのいけ》の東の畔《ほとり》を回って、根津宮永町へと出た。

根津権現門前を通り抜けると、播磨国安志藩《はりまのくにあんじ》、小笠原家屋敷の北辺に沿った小路を進み、本郷の台地を南北に貫く往還に出た。

日本橋から湯島を通り本郷へと延びた道は、水戸中納言家屋敷前の駒込追分《おいわけ》で、日光御成街道と中山道《なかせんどう》に分岐する。

丹次が小路から出たところは、追分からほんの僅《わず》か北の、日光御成街道が始まってすぐの地点だった。

丹次は迷わず、日光御成街道を北へ向かった。

日光御成街道は、将軍家の日光東照宮参詣の道である。

街道沿いには梅や桜の名所もあって、様々な職種の家が建ち並んで活気があった。

「ちと道を尋ねるが」

駒込、吉祥寺門前に差し掛かった丹次は、石を積んだ荷車を曳《ひ》いていた男に声を掛けた。

駒込富士前町を尋ねると、吉祥寺から一町半（約百六十メートル）ばかり先の右側一帯だという。

車曳きに礼を言うと、笠を目深に被った丹次は、ゆっくりと歩を進めた。

鍛冶屋、笊《ざる》屋、花屋、団子屋などの並ぶ通りに、箍《たが》を叩く音が響いていた。

桶屋でよく耳にする音である。

通りに面した雨戸を取っ払った板張りの作業場に、桶に巻いた箍を叩く五十絡みの男と、上体を屈《かが》めて木を削る若い男の背中があった。

片側に開けっ放しの戸障子に、『おけ　政二郎《まさじろう》』の文字があった。

庄太の書付にあった、『おけまさ』に違いあるまい。

丹次は、笠の下から若い男の背中に眼を張り付けたまま、ゆっくりと通り過ぎた。

桶屋を通り過ぎてから、通った道をゆっくりと引き返した。

今度は、木を削る男の顔が窺えた。

俯いていてはっきりとはせず、猫又だという確信が持てない。

猫又を最後に見たのは三年前だから、顔付きが変わるはずはなかったが、どことなく様子が違っている。

声を掛けるのを憚《はばか》って、丹次は桶屋を通り過ぎた。

どうしたものか――立ち止まって、腹の中で呟いた。

「丹次だろ」

背後から声が掛かった。

いつの間にか通りに立っていたのは、木を削っていた男で、まさしく猫又だった。

「ほんの少し、駒込富士で待っていてくれ」

無表情の猫又が、通りから左へと延びている小路を指さした。

五

駒込富士のような富士塚は、江戸のあちこちにあった。

富士信仰に篤《あつ》い江戸の庶民といえども、富士詣でをするのはなかなか難しいものがあった。

何日も仕事を休まなければならない上に、費用もかかる。

登山の途中、怪我や病に見舞われる危険もあった。

そこで、江戸に富士山を模した小山を作って登り、富士山に行ったと同じ御利益を得ようと考えられたのが、富士塚である。

小路を入って左側にある真光寺に、駒込富士があった。

丹次は、高さにして、十五、六尺（約四・五〜四・八メートル）ほどの小山を登った。

頂に、浅間社の鳥居と祠《ほこら》があった。

ほんの寸刻で富士詣でを済ませて山を下りた時、縄に通した手桶を三つ肩に担いだ猫又が、右足を引きずるようにして境内に入ってくるのが見えた。

丹次が近づくと、二人は黙って向き合った。

猫又は、丹次の二つ年上だった。

境内には、西に傾いた木洩れ日が射している。

「これから、田端村の寺に桶を届けなくちゃならねぇ」

猫又が、静かに口を利いた。

「あぁ」

丹次は、頷いた。

「おめぇ、まだ欣兵衛親分のところにいるのか」

猫又の問いかけに、丹次は眼を瞠《みは》った。

賭場に役人が踏み込んだ後、欣兵衛親分がどうなったかも、縄張りがどうなったのかも知らない様子だった。

「おれはあの時、賭場の客を迎えに山谷堀《さんやぼり》に行ってたんだ。客人を連れて橋場に戻ると、賭場の近くは大騒ぎで、逃げて来た庄太に聞くと、役人の手入れだって言いやがった」

それを機に、欣兵衛親分の子分という境遇を放り出すことにして、猫又は橋場から逃げたという。

「欣兵衛親分は、島流しに遭ったんだよ」

丹次の言葉に、猫又がほんの少し、眼を見開いた。

丹次は江戸所払《ところばら》いになって、三年ぶりに戻って来たのだと、少し作り話をした。

「勘当の身だから、家に立ち寄るつもりはなかったが、生家の『武蔵屋』はとんでもないことになっていてね」

兄の佐市郎の嫁になったお滝と、情夫の要三郎が好き放題をして、『武蔵屋』を潰した経緯を手短に説明した。

「『武蔵屋』を潰したお滝と要三郎、それに行方知れずの兄を捜したいんだが、無宿者のおれ一人じゃなんとも埒《らち》が明かねぇし、猫又の兄ィを頼ろうと思ったんだよ」

「おれは、おめぇの役に立てねぇよ丹次」

猫又の声には力がなかった。

「橋場を逃げ出してすぐ、それまでいがみ合ってた滝野川の儀介《ぎすけ》たちの仕返しを受けたんだ」

猫又は淡々と話を続けた。

王子権現に行く途中、儀介ら数人に襲われて半殺しの目に遭ったという。

そんな猫又を見つけて、駒込に運んだのが桶屋の政二郎だった。

怪我が治るまで居させてくれ、こんこんと説教をされた挙句、見習いにしてくれたのだった。

「親父の娘と夫婦になったよ。去年、娘も生まれた。だからよ」

「兄ィ、分かった。もう、何も言うな」

丹次は、猫又がすっかり堅気に生まれ変わったのだと確信した。

「それにな」

猫又が、右足を引きずって歩いてみせ、

「このざまじゃ、おめぇの手足にはなれねぇよ」

と、小さく苦笑いを浮かべた。

「気にしねぇでくれ」

丹次がそう口にすると、

「丹次」

猫又に呼びかけられて、歩きかけた丹次は振り返った。

「こんなこと、言いたくはねぇが、もう二度とおれを訪ねて来ねぇでくれ」

苦悶の色を滲ませて、猫又が俯いた。

「昔の仲間が来たとなると、親父も女房も、心配するんだ」

「あぁ。分かってるよ。もう、二度と顔は出さねぇから、心配しねぇでくれ」

丹次は本心からそう返事をした。

凶悪だったあの頃の猫又が、妻子を持って正業に就いている姿が、いまの丹次には眩《まぶ》しくもあった。

「それじゃ、達者でな」

「丹次、すまねぇ」

「いいんだよ」

くるりと踵を返した丹次は、一度も振り返ることなく、寺の境内を後にした。

駒込から本郷の方へ戻る道中、丹次は遠雷を耳にしていた。

夕刻、空を覆いはじめた薄雲は、神田川に架かる筋違橋《すじかい》を渡る頃には、分厚い灰色の雲に変わっていた。

普段なら、まだ明るみの残る六つ（六時頃）時分だが、筋違御門一帯は日が暮れたように暗い。

丹次の足取りは重かった。

疲れていた。

探し当てた猫又の手を借りられなかったという落胆ではなかった。島抜けをした法度《はっと》破りの身でありながら、兄と、その嫁だったお滝、そして要三郎の行方を追うのは無謀なのではないかと、頭を過《よぎ》る迷いを振り払うたびに疲れを覚えたのだ。

丹次は、神田川の南岸を東へと進んだ。

和泉橋の南詰の袂から南へと行けば、お杉と徳太郎夫婦の住む、日本橋、住吉町の『八兵衛店』がある。

寝る場所は他に探すつもりだが、茶の一杯もご馳走になって、一休みしたかった。

和泉橋の南詰に差し掛かった丹次は、南に向かいかけたがふと足を止め、そのまま東に向かった。

和泉橋から住吉町の方に通じる道の途中には、小伝馬町の牢屋敷がある。

奉行所の同心や目明しが出入りする場所に近づくのは剣呑だった。

丹次の顔が知られているとは思わないが、相手の気まぐれで、いつ何時呼び止められるかもしれない。

神田川に沿って歩いた丹次は、新《あたら》シ橋の南詰を右に折れて、旅人宿の建ち並ぶ馬喰町《ばくろちょう》の通りへ出た。

この通りが、獄門に掛けられる罪人が市中引き回しで通る道だと気づいた途端、丹次は通塩町《とおりしおちょう》の方へと道を変えた。

市中引き回しの罪人と同じ道を行くなど、「縁起でもねぇ」ことだった。

堀沿いを南に進み、東緑河岸まで歩いたところで、ふっと足を止めた。

黄昏《たそが》れた堀に架かる小さな橋の向こう側に、見覚えのある佇《たたず》まいがあった。

江戸に着いてすぐ、『武蔵屋』のあった建物で小間物屋を始めた『永楽堂《えいらくどう》』を訪ねた帰り、奉行所の同心に誰何《すいか》されて、逃げたことがあった。

やっとのことで同心の追跡を逃れた丹次が身を潜めたのが、橋の向こう側に見える居酒屋の裏手だった。

「お入んなさいよ」

桶の水を堀にぶちまけた店の女が、追われていると知りながら、丹次に声を掛けてくれた。

「お坊さんも、追われることがあるんだねぇ」

女は、その時、雲水の装《な》りをしていた丹次を見て笑った。

匿《かくま》ってもらった帰り際、名を聞くと、

「七《しち》だよ。五、六、七の七」

たしか、そう口にした。

丹次は、千鳥橋を渡ると、居酒屋の表に回った。

今夜、どこに寝ることになるか知れない身とすれば、いまのうちに腹を満たしておいた方が安心である。

入り口の脇の、灯の入った軒行灯《のきあんどん》に『三六屋《みろく》』の文字があった。

菅笠を取って、『三六屋』の障子戸を開けて土間に踏み込むと、店内には煮炊きの匂いが満ちていた。

「いらっしゃい」

出来た料理を運んでいたお七が、空いている板張りを掌《てのひら》で指し示した。

酒と煮魚、冷奴を注文した丹次は、板場近くの板張りに腰を下ろした。

時刻が早いせいか客はまばらで、職人風の三人連れと、仕事を終えた外売りの男と女が一人ずつ、飯を掻き込む姿があるだけだった。

「お待ちどおさま」

お七が両膝を突いて、徳利と猪口《ちょこ》、冷奴を丹次の前に置くと、

「煮魚はもう少し後になります」

そう口にして立ち上がった。

「それじゃ、飯と新香も一緒に頼みます」

「はいよ」

丹次の注文にお七は笑顔で答えると、土間に下りて板場へと入って行った。

客が腰を下ろす板張りと格子窓で仕切られた向こう側が板場で、六十の坂を越したような老爺が一人で立ち働いていた。

父親と娘で営む店なのかもしれない。

お七の様子から、雲水姿だった丹次の顔は、記憶になさそうだった。

飯と煮魚が運ばれてから四半刻（約三十分）ばかりで、丹次の前の皿は空いた。

朝から動き回ったせいか、いい按配《あんばい》に腹が減っていて、飯のお代わりをしてしまった。

外歩きの物売りの女が出て行くと、入れ替わりに道具箱を担いだ大工が二人入っ

て来た。

「あら、おめずらしい」

お七が笑顔で迎えたところを見ると、常連のようだ。

丹次は、徳利に残っていた酒を飲み干すと、

「勘定を」

と、声を掛けた。

「四十文（約千円）頂戴します」

板場の近くから、お七が答えた。

土間に下りた丹次が、四十文をお七に渡した時、いきなり音を立てて入り口の戸が開いた。

「降り出した降り出した」

着流しの男が二人、大声を上げて飛び込んで来た。

「降って来た？」

お七が聞くと、

「お七さん見てみなよ。本降りだ」

着流しの男の一人が、濡れた髪を手で撫でながら、忌々《いまいま》しげな声を出した。

お七が、入り口の障子戸を開けた。

大粒の雨が音を立てて地面に突き刺さっているのが、丹次にも見えた。

「お客さん、傘は」

外を見ていたお七が、丹次を振り向いて尋ねた。

「生憎《あいにく》、持ち合わせてませんで」

「うちには余分な傘はないから、急ぎじゃないなら、止むまでここでお待ちなさいな」

お七が、板張りの方に顎《あご》を動かした。

「よろしいんで？」

小声で尋ねると、お七が大きく頷いた。

「それじゃ、隅の方で待たせてもらいますんで、酒を一本いただきましょう」

「なにも、儲けるつもりで引き留めたんじゃありませんよ」

「それは分かってます。ですが、ただ、黙って待つのも退屈でいけませんので」

「分かりましたよ」

小さな苦笑を浮かべて、お七は板場に消えた。

土間を上がった丹次は、板場に近い板張りの隅に腰を下ろした。

急ぎ飛び込んできた着流しの男二人は、ほんのしばらく居ただけで、

「行かなきゃならないところがある」

と、お七に告げて、雨の中に飛び出して行った。

丹次が、運ばれて来た徳利を一本空ける間に、傘を持っていた先客たちは帰って行った。

雨脚は大分弱くなったものの、その後、新たな客は来ず、『三六屋』には丹次一人が残った。

鐘の音は聞こえなかったが、五つ（八時頃）時分かもしれなかった。

「久兵衛《きゅうべえ》さん、今夜はもう暖簾《のれん》をしまいましょうかねぇ」

土間の上がり框に腰掛けていたお七が、板場の方に声を掛けた。

「そうしやすか」

板場から顔だけ突き出した板前が、首に巻いていた手拭いを取った。

お七が久兵衛さんと呼んだことから、二人はどうやら、父娘ではなさそうだ。

お七は、入り口の戸を開けて、戸口の脇に消えた。

表が暗くなったのは、軒行灯の灯を消したからだろう。

縄暖簾を手に中に戻ったお七は、板場に入って、久兵衛の後片付けに手を貸した。

四半刻(約三十分)もしないうちに、板場の明かりが消されて、お七と久兵衛が土間に出て来た。

「それじゃ、お先に」

土間の板壁に掛かっていた蛇《じゃ》の目傘を取ると、久兵衛が戸口に向かった。

「それじゃ、おれも」

丹次が腰を上げた。

「兄さんは、どこへ行きなさるね」

久兵衛に尋ねられたが、丹次は咄嗟《とっさ》に返事が出来なかった。

「この先の村松町の方なら、この傘でご一緒に」

「いや。生憎、そっちの方じゃねぇんで」

そう返事をした丹次に、今夜の行く当てはなかった。

「それじゃ」

久兵衛は店を出て傘を開くと、外から戸を閉めた。

「なんなら、朝まで居ていいよ」

思いがけない言葉が、お七から発せられた。

「どうせ、行く当てもなさそうだし、構いませんよ」

「しかし」

「何も、取って食おうなどという魂胆はありませんから、ご心配なく」

ふふと笑ったお七は、框に腰掛けると、煙草《たばこ》盆を引き寄せた。

煙管《キセル》に葉を詰め、火皿に顔を近づけて、吸った。

吐き出した煙が、すっと裏口の方に流れた。

「姐《ねえ》さんの良い人が現れたら、事ですよ」

「こんな雨を突いて来るような、甲斐性のある男じゃありませんや」

小さく笑うと煙草を喫《の》んだ。

「姐さんは、ここにお住まいで」

「この上さ」

「夜中、わたしが階段を上って行くってこともありますよ」

ふっと笑って煙を吐いたお七が、煙管を叩いた。

「そりゃ、ありますまい。二度も顔を見りゃ、そんな人じゃないってことは分かるもんです」

「二度――？」

「この前は、坊さんの装りでしたね」

丹次が、息を呑んだ。

「わたしに礼をしたくなったら、お客になっておくれと言った覚えがあるよ」

「へぇ」

それは、丹次も覚えていた。

「約束通り、客になってくれた。そんな律儀な人だもの。あんたには、実《じっ》ってものがあると見た」

両手で膝の辺りを叩いて、お七が腰を上げた。

「泊まってお行き」

「へい。お世話になります」

丹次が、素直に手を突いた。

お七は、店内の明かりをすべて吹き消して、土間の横の階段に足を掛けると、

「明日は、なんのお構いも出来ないから、起きたら勝手に出て行っていいからね」

そう言い残して、二階へと上がって行った。

丹次は、ごろりと仰向けになった。

暗い店内は、しんと静まり返った。

勢いの失せた雨音だけが忍び込んでいた。

ついつい、今日一日のことが頭を過る。

殊《こと》に、変貌していた猫又の言葉が蘇った。

もう二度と訪ねて来ねぇでくれ――そう口にした猫又の苦し気な顔が、胸を刺していた。

猫又を恨む気持ちなど、さらさらなかった。

丹次にも、猫又にも、三年という歳月が流れていたのだ。

眼を瞑《つむ》ってすぐ、雨音がふっと、丹次の耳から遠のいた。

第二話　不審

一

丹次は、板場を抜けて居酒屋『三六屋』の裏手に出た。

日の出前だが、浜町堀一帯はかなり明るくなっている。

間もなく、朝日が顔を出す頃合いのようだ。

降り出した雨に足止めを食らい、丹次は昨夜、女主のお七に勧められて『三六屋』の板張りで一夜を明かした。

目覚めると、板場に立って顔を洗った。

明日は、起きたら勝手に出て行っていい――そう言われていた通り、店の二階に寝泊まりしているお七には声を掛けず、裏口から出た。

昨夜の酒の追加分と礼金を合わせて、一朱（約六千五百円）を置くのを忘れなかった。

浜町堀は、泥水が流れ込んだらしく、黄色く変色している。

丹次は、堀の西岸を南へと向かった。

のんびりと堀端を歩いていると、左手に日が昇った。

入江橋の袂で西に折れた先に銀座があるのだが、お杉の住まう『八兵衛店』はその手前にある。

丹次は、六日前にも立ち寄ったお杉の住まいを目指していた。

「ごめんよ」

お杉の家の戸口に立って、声を掛けた。

「誰だい」

中から、男のだみ声がした。

「あの」

言い淀《よど》んでいると、中から障子戸が開いた。

「あ。やっぱりね」

笑ったお杉が、「中へ」と口にすると、「丹次さんだよ」と、箸を持った手を止めていた男へと振り向いた。

「あぁ」

日に焼けた男は、箸を箱膳に置いた。

「亭主ですよ」

「徳太郎と申しやす」

お杉の亭主が、丹次に向かって小さく首を縦に振った。

「丹次といいまして、お杉さんには何かと」

そう言いかけた時、

「この人には何もかも話をしてありますから」

お杉が言葉を差し挟んだ。

丹次が眼を向けると、承知しているとでも言うように、徳太郎が大きく頷いてみせた。

「とにかく、お上がりんなって」

お杉に勧められて、土間を上がった。

「朝っぱらから、すまねぇ」

丹次は、二人に軽く頭を下げた。

「情けねぇことに、昨日、足をくじいちまいまして、今日は休みですよ」

徳太郎が、苦笑いを浮かべて箸を持った。

徳太郎は、町を歩き、注文があれば道端で鋸《のこ》の目立てをするのが生業だとお杉から聞いていた。

「丹次さん、朝餉はお済みですか」

「う、うん」

丹次は、徳太郎に嘘をついた。

「丹次さんに、遠慮は似合いませんよ」

お杉は腰を上げて水屋から茶碗やお椀を出し、丹次の朝餉を用意し始めた。

「江戸では、知り合いのところにいなさるんで？」

徳太郎に尋ねられた丹次が戸惑っていると、

「庄太という人のことですよ」

飯を盛っていたお杉が口を挟んだ。

「庄太の長屋は出まして」

丹次は、詳しい事情は言わず、ただ、居られなくなったと打ち明けた。

寺社の楼門、屋根船などで寝ているのだと、正直に話した。

「こんなもんですが」

丹次の前に、お杉が飯と味噌汁を置いた。

「いただくよ」

箸を取って、丹次は飯を口に運んだ。

「どこか、裏店に家を借りた方がよかぁありませんかねぇ」

お杉とともに食事を終えた徳太郎が、ぽつりと口にする。

「それが出来りゃ嬉しいが、おれには無理だろうね」

丹次が、笑み交じりで返答した。

丹次のように親に勘当を受けた者は、家の人別帳から消されて、無宿人となる。

身元を保証する請け人のいない無宿人となると、まともな仕事には就けず、裏店を借りることさえ難しい。

その上、島抜けをして重罪人となったいま、人並みのことなど出来るわけもなかった。

「なにも、手がないわけじゃありませんよ」

徳太郎が、淡々と口にした。

田舎から江戸に働きに来る連中の中には、身元の知れない者もいるという。

だが、手に職のある者、なにか見込みがあるという者には、口入れ屋が身元を保証して仕事をさせているのだと説明した。

「働き口を世話すりゃ斡旋《あっせん》料が入るから、口入れ屋の方も助かるって寸法さ」

そう言って、徳太郎は湯呑の茶を啜った。

「『武蔵屋』に奉公人を入れていた口入れ屋の『藤金《ふじきん》』なら、わたしはよく知ってますがね」

お杉が、窺うように丹次を見た。

丹次は、返答を躊躇《ためら》った。

『武蔵屋』に口入れをしていた『藤金』なら、そこの倅が島流しになったことを知っているに違いあるまい。

「多分、『藤金』の藤兵衛《とうべえ》さんは丹次さんの顔は知らないと思いますよ。家業のことより、外に出て遊んでたんだもの、向こうが家に居なかったお人の顔を覚えてることなんかあるもんですか」

丹次の気懸《きがか》りを察したかのように、お杉はそう口にした。

「死んだ番頭の粂造さんの縁者が江戸に来たことにして、これから『藤金』さんにお連れしますよ」

お杉の勧めを、丹次は受け入れることにした。

「丹次さん、腕に入れ墨は？」

徳太郎が、恐る恐る口にした。

追放や敲《たた》きの刑を受けた者は、腕に入れ墨が行われたのだ。

「おれは、この通りだよ」

丹次は、徳太郎とお杉の眼の前に、入れ墨のない両方の腕を晒《さら》した。

朝餉を済ませた丹次は、お杉に連れられて住吉町の『八兵衛店』を出た。

口入れ屋『藤金』は、神田、下白壁町にあるという。

朝日に輝く五つ半（九時頃）の神田界隈は、活気があった。

表通りには大店が軒を並べているが、裏通りや小路には、職人の家や小商いの店が肩を寄せ合っている。

道端には幾つか露店が出ていて、兜《かぶと》や長刀、鐘馗《しょうき》の図柄を染め抜いた幟《のぼり》などが売られていた。

五月五日の端午《たんご》の節句は昨日だったが、売れ残った時節の品々を売り切ってしまおうと、あちこちの露店から、商魂たくましい呼び込みの声が飛び交っていた。

小伝馬町の牢屋敷の北側を過ぎて、竜閑《りゅうかん》川に架かる東中之橋を渡った先が下白壁町である。

「こりゃ、珍しい。お杉さんじゃないか」

丹次が、お杉に続いて口入れ屋『藤金』の土間に足を踏み入れた途端、帳場で帳面を付けていた小太りの男が顔を上げた。

「暇そうにしているじゃありませんか、藤兵衛さん」

お杉が、憎まれ口をたたいた。

「なにをお言いだよ。仕事を貰いに来る連中は、朝の暗いうちに来るんだよ。いまやっと、静かになったところさ」

そう言って目尻を下げた藤兵衛が、丹次に眼を向けた。

「藤兵衛さん、このお人は丑松さんといって、『武蔵屋』の番頭だった粂造さんの縁者なんですよ」

「おぉ、あの粂造さんの」

藤兵衛が、懐かしそうに粂造の名を口にすると眼を瞠った。

「ついこの前、粂造さんを頼って越後から出てきたんですがね」

お杉はため息交じりで声を潜めると、さらに続けた。

「粂造さんが先月死んだというのを知らずに江戸へ来たというんですよ」

「へぇ、粂造さん、亡くなったのかい」

藤兵衛まで声を潜めた。

「この丑松さんは、粂造さんの口利きで『武蔵屋』に奉公しようと思ってたんだけどさ、それが出来ないと知って途方に暮れておいでなんですよ」

「どうしてまた、越後から江戸に？」

藤兵衛が、訝るように丹次を見た。

「越後長岡の奉公先が、隣りの火事のせいで焼け落ちまして、それで仕方なく」

お杉と打ち合わせをしていた作り話を、丹次は口にした。

「江戸で住む家も見つけなくちゃならないが、名主の家も焼けて、人別帳も燃えてしまったらしいんですよ。それで、口入れ屋『藤金』に、この丑松さんの請け人になってもらいたいんだよ」

そう言って、お杉が藤兵衛に頭を下げた。

丹次はすぐ、お杉に倣《なら》った。

「いくらお杉さんの頼みとは言え、滅多に請け人にはなれないんだよ。何か、これという腕があれば別だが」

「丑松さんあんた、さっき、読み書き算盤《そろばん》が出来るなんて言ってなかったかい」

「ええ。少々」

丹次は、控えめに頷いた。

「それじゃ、そこにお掛けなさい」

藤兵衛に促されて、丹次は框に腰を掛けた。

「さっきわたしが書き込んだ帳面があるから、算盤を弾《はじ》いてもらいましょうかねえ」

藤兵衛が差し出した算盤を、丹次は受け取った。

「ご破算で願いましては、三十二文なり、五十六文なり、十三文なり、二百七十四文なり」

帳面を見ながら、藤兵衛が次々と数字を口にして、

「三十九文では」

と、締めた。

「六百十八文になります」

丹次が、穏やかに答えた。

「ご名算」

そう呟いて、藤兵衛が口を半開きにした。

「この分なら、読み書きも出来そうだね」

「はい」

丹次が頷いた。

『武蔵屋』という乾物問屋に生まれたせいで、幼い頃から身につけさせられた読み

書き算盤は、八丈島に流されてからも役に立った。島役所の書役《かきやく》の手伝いを務めたことで、わずかながらも給金を得たし、島民からの信頼も得られたのだ。

「それで、長岡の奉公先というのは」

「へぇ。造り酒屋で手代をしておりました」

丹次が返事をすると、なるほどと口にして、藤兵衛が大きく頷いた。


丹次が入れる長屋が見つかったと知らせが来たのは、五月八日の朝だった。

二日前、口入れ屋『藤金』を訪れた丹次は、主の藤兵衛が請け人になるという確約を得ていた。

いつ何時、知らせることがあるかもしれないというので、丹次は藤兵衛の口利きで、一昨日から、馬喰町の旅人宿に泊まっていた。

「湯島切通町《ゆしまきりどおし》の『治作店《じさく》』、大家の富市《とみいち》さんをお訪ねなさい」

口入れ屋『藤金』の使いの者が旅人宿に現れて、用件を告げた。

知らせを受けるとすぐ、丹次は旅人宿を後にした。

『治作店』は、不忍池にほど近いところにあった。

町名にもなっている切通を挟んだところに、湯島天神が見えた。

「はいはい。『藤金』の藤兵衛さんから、事情は聞いてます。火事に遭って、越後から来なすったということでしたなぁ」

挨拶に行くと、大家の富市が憐れむような声を出した。

五十を過ぎたと思える富市によれば、『治作店』は日本橋の茶問屋『香林堂《こうりんどう》』の家作だという。

三軒長屋が二棟、路地を挟んで向かい合っていた。

「丑松さんの家は、こちらです」

富市に案内されたのは、右側の棟の、井戸から一番近い家で、富市の家の向かいだった。

四畳半ほどの板張りは剝き出しで、当たり前のことだが、家財道具などは一切なかった。

「近くに、布団屋、古道具屋などはありますかね」

「えぇえぇ、ございます。あとでお教えしますよ」

富市が笑みを浮かべて、路地へ出た。

「いま時分、出職の連中は出掛けていて家にはいませんが、丑松さんのお隣りががまの油売りをしているご浪人です。その隣りの一番奥が」

言いかけた富市が、ふっと口を閉ざした。

「あら、大家さんなにごと？」

富市が言いかけた一番奥の家から、年の頃二十七、八の艶《つや》っぽい女が路地に現れた。

「今日からここの住人におなりの丑松さんだよ。それで、こちらがお牧《まき》さん」

富市が、丹次と女を引き合わせた。

「あら、よろしくね」

鶸《ひわ》色に緑色の網目文様をあしらった着物のお牧が、顎を突き出すようにして笑みを作ると、木戸の方へと歩き去った。

「どうせ知れることだから言っておきますが、お牧さんは、旦那持ちです」

富市が声を潜めた。

日本橋で骨董屋を営む、女房持ちの男が時々やってくるのだとも言い添えた。

「大家さん、なにをひそひそ話してんですよ」

女の大声が飛んで来た。

「実はねお竹《たけ》さん」

富市が、井戸端で鍋底の煤《すす》を束子《たわし》で擦《こす》っていた三十過ぎの女に声を掛けると、

「話は聞こえてましたよ。新入りの丑松さんだろ」

お竹が、富市の言葉を遮って丹次に眼を向けた。

「この人は、お牧さんの向かい側のお竹さん。ご亭主の与助《よすけ》さんは、鋳掛《いかけ》屋でして」

「よろしくね」

お竹が、歯切れのいい声を掛けた。

「こちらこそ、お世話になります」

丹次は、お竹に頭を下げた。

二

七つ半（五時頃）を過ぎても、『治作店』の路地には昼間の熱気が立ち込めていた。

自分の家の上がり框に腰掛けた丹次が、フウと大きく息を吐いた。

『治作店』の住人となるとすぐ、暮らしに欠かせない物を揃えるために朝から動き回った。

大家の富市の口利きで荷車を借りることが出来たので、布団屋で夜具を買い、そのついでに、日本橋住吉町のお杉の家を訪ねた。

長屋住まいが決まったら、知り合いなどから貰ってやると言っていた通り、鍋釜、鉄瓶、土瓶、茶碗に湯呑、箸に至るまで、お杉は用意してくれていた。

「これはいくつあっても困ることはありません」

と、お杉自身が買い求めた炭と手拭いを、他の貰いものに添えてくれた。

その帰りに、古道具屋で行灯《あんどん》、行李《こうり》、火打石、火打鉄、附木《つけぎ》を求めた。

『治作店』に戻って、道具の手入れをし、収めるところに収め終えたのが、八つ（午後二時頃）時分だった。

その後、この日から必要になる米や塩、味噌や醬油などを買い揃え、家の中の掃除をし終えたのが、ほんの少し前だった。

さすがに疲れを覚えていた。

土間に足を着けたまま、丹次はゆっくりと板張りに仰向けになり、両手を横に伸ばした。

夕日の色が映る天井板に、いくつもの染みが目立っていた。

雨洩りの染みかもしれない。

「片付いたみたいだねぇ」

お竹の声に、丹次は上体を起こした。

路地に立つお竹の横に、紺の半纏《はんてん》を着た男が立っている。

「うちの亭主」

「どうも、与助っていいます」

お竹よりも三つ四つ年上と思える与助が、丹次に笑いかけた。

「丑松と申します。一つよろしくお願いします」

丹次は路地に出て、腰を折った。

「いろいろ揃ったようだけど丑松さん、蚊遣《かや》りを忘れちゃいないだろうね」

お竹に言われて、

「あ」

忘れていた丹次の口から、思わず声が出た。

「この時期、蚊遣りがないとおちおち寝ていられませんよ」

「へぇ」

丹次は素直に頭を下げた。

「聞くところによると、あんた、越後だってね」

与助が、深刻そうな顔で口を開いた。

「へぇ」

そう答えて、丹次はひそかに身構えた。

「越後は、どこだい」

「長岡ですが」

丹次の声に力がなかった。

「おお、長岡か」

与助の大仰な声に、警戒心が高まった。

長岡の細かいところを聞かれでもしたら、返答のしようがないのだ。

「あんた、越後に詳しいのかい？」

口を出したのはお竹である。

「なに言ってやがる。知らねぇから聞いたまでのことじゃねぇか」

「なにさ。威張るようなことじゃないじゃないか」

お竹が、胸を張った与助を、ふんと、鼻で笑った。

「春山《はるやま》さん、いまお帰りで」

与助が声を掛けたのは、木戸口から入って来た浪人だった。

『がまの油』と書かれた幟の下がった竹の棒を手にした春山という浪人は、身形《みなり》も顔つきもくすんでいて、覇気というものがなかった。

与助が、新参の丑松さんだと丹次を指すと、

「春山武左衛門《ぶざえもん》と申します」

どこかで耳にしたことのあるお国訛《なま》りの声を小さく発すると、そそくさと丹次の隣りの家に入って行った。

「愛想がないのは、気にしないでいいからね」

お竹が丹次に囁いた。

春山武左衛門は、口下手なうえに人付き合いが上手くないのだとお竹が口にすると、与助は憐れむような顔つきで相槌《あいづち》を打った。


翌、五月九日は、朝から曇っていた。

雨が降りそうな様子はないが、空気が蒸している。

湯島切通町の『治作店』を出た丹次は、神田へと足を向けていた。

筋違御門を通り過ぎ、下白壁町の『藤金』を目指した。

『治作店』に口利きをしてくれた礼と、今後の仕事の口を頼むのが目的だった。

「丑松さんのように、読み書き算盤が出来るなら、いくらでも口はあると思いますよ」

主の藤兵衛は、訪れた丹次に笑顔で答えた。

「お店は当然のこと、寺子屋の師匠や代書屋にだって口はあるはずです。丑松さんの技量を知ったら、大店が定雇《じょうやと》いをしたがるかもしれません」

「わたしは、定雇いは遠慮したいのです」

「ほう」

藤兵衛は、不思議そうな眼を丹次に向けた。

大店の定雇いとなれば、ほとんどの者は喜ぶのだろうが、そうなればお店に縛られて身動きがとれなくなる。

兄捜し、お滝、要三郎捜しには、短期の奉公か日雇いの方が都合がいいのだ。

「実は、長岡の奉公先で嫌な思いをしたことがありまして」

苦笑いを浮かべた丹次は、さらに続けた。

「奉公人の多い造り酒屋でしたから、様々な気性の者がいまして、中には嫌な人も、気疲れをするような人もいて、息が詰まったものですから」

「なるほど」

小さく唸《うな》ると、藤兵衛は胸の前で腕を組んだ。

荷車曳きだろうが、人足だろうが、仕事の口にはこだわらないと言って、丹次は頭を下げた。

「分かりました」

と、藤兵衛も了承した。そして、

「時に丑松さん、あんたは『武蔵屋』の番頭の、死んだ粂造さんとはどういった縁者だったので？」

組んでいた腕を解いた藤兵衛が、思い出したように丹次に問いかけた。

「わたしの母が、粂造さんの従妹《いとこ》でして」

丹次がそう返事をすると、

「しかしまぁ、途中から割り込んできた番頭に『武蔵屋』さんから追い出されて、粂造さんはさぞかし悔しい思いで死んだんでしょうなぁ」

藤兵衛が、しみじみと口にした。

「悔しい思いとは、どういうことでしょうか」

丹次は、惚けて尋ねた。

佐市郎の嫁になったお滝と、番頭の要三郎が、お店を我が物にして、その挙句、『武蔵屋』の土地と建物を他人に売り飛ばした経緯を藤兵衛は語った。

だがそれは、お杉や粂造から聞いていた話と大差はなかった。

「それにしても、『武蔵屋』さんのあとは、薬種問屋になると思っていたんだが、小間物屋が店を出したからねぇ」

「どうして薬種問屋だと思われたので？」

丹次は、素知らぬ顔で聞いた。

「『武蔵屋』さんの土地と家を買い取ったのは、薬種問屋だったからさ」

「そうでしたか」

丹次が感心したように頷くと、

「その薬種問屋というのは、日本橋の『鹿嶋《かしま》屋』だよ。その『鹿嶋屋』から『武蔵屋』さんの土地建物を買い取ったのが、小間物屋の『永楽堂』だ」

藤兵衛は話好きらしく、聞きもしないことを次々と口にした。

以前、佐市郎の行方に心当たりがないかと、丹次は素性を偽って『永楽堂』を訪ねたが、『武蔵屋』のその後に関してはなにも得るものがなかった。

その時、丹次は薬種問屋の名を聞き逃していたのだ。

奉公人を斡旋していた『藤金』だから、『武蔵屋』の最後の頃の状況に通じているのかもしれない。

その話を聞いた丹次の頭の中で、何かが閃《ひらめ》いた。

『武蔵屋』を買い取った『鹿嶋屋』は、売り手のお滝と要三郎と何度か顔を合わせていたのではないか。

さらには、『武蔵屋』を売った後の二人の行方についても、なにかしら思い当たることがあるかもしれなかった。


口入れ屋の『藤金』を後にした丹次は、表通りを日本橋の方へと向かった。

曇ってはいたが、菅笠を被るのを忘れなかった。

薬種問屋『鹿嶋屋』は、日本橋通南二丁目にあると、『藤金』の藤兵衛から聞いていた。

丹次が生まれ育った室町界隈を通って、日本橋を渡った先である。

知り合いに顔を見られないよう、用心をしなければならなかった。

呉服屋の『白木屋』を通り過ぎた先の、通二丁目新道を左に曲がると、小路の右側にある商家の戸口脇に、薬種問屋『鹿嶋屋』の掛看板が見えた。

丹次は、『鹿嶋屋』の中が窺える通りの向かい側に立った。

店の間口は十間（約十八メートル）ほどだろうか。

店頭の左側に、紺地に白で『鹿嶋屋』の文字と、丸に釘抜きの家紋が染め抜かれた長暖簾が、軒から地面まで下げられ、出入り口にも、人の腰ほどまでの暖簾が掛けられている。

二つの暖簾にはともに、同じ家紋が染め抜かれていた。『鹿嶋屋』の商標なのかもしれない。

店先に停められた荷車に積まれた菰《こも》包みを、人足たちが店の中に運び入れるたびに暖簾が割れて、帳場に座った番頭と思しき二人の男や立ち働く奉公人たちの姿が眼に入った。

菰包みを運び終わると、人足たちが空の荷車を曳いて去った。

その直後、四人の舁《か》き手が乗り物を担いで来て、店頭に置いた。

すると、手代が二人掛かりで広げた暖簾の間から、総髪を茶筅《ちゃせん》に結った、医者と思しき羽織の男が『鹿嶋屋』の奉公人を五人も従えて出てきた。

年が行った男は番頭だろうが、他の四人は手代に違いない。

薬種問屋にとって、医者は大のお得意様なのだろう。

医者の乗った乗り物が動き出すと、奉公人たちは腰を折り、乗り物が見えなくなるまでその姿勢を保って見送った。

医者を見送った連中が店の中に戻るのを見届けた丹次は、やおら道を突っ切って

『鹿嶋屋』へと足を向けた。

菅笠を外した丹次が、『鹿嶋屋』の土間に足を踏み入れる。

「ごめんよ」

声を掛けたが、文机《ふづくえ》が三つ並んだ帳場に居る二人の番頭は、算盤を弾いたり帳面付けをしたりで、まったく顔を上げようとしない。手代や小僧たち六人も薬棚の整理などで、広い板張りを動き回っている。

「ごめんよ」

丹次が、さっきよりも大きく声を張り上げた。

「なにか」

若い手代が、仕方なさそうに丹次の前に来て、膝を揃えた。

「実は、人捜しをしてるんだがね」

丹次がそう切り出すと、手代が首を傾《かし》げた。

「こちらの『鹿嶋屋』さんは、二年前の暮れ、室町の乾物問屋だった『武蔵屋』を買い取られたと聞いております。その時分、『武蔵屋』の番頭だったお人のことで、お話を伺いたいのですが」

丹次が丁寧な物言いをすると、

「少しお待ちを」

立ち上がった手代は、四十代の半ばを過ぎたと思える番頭の前に座ると、何ごとか耳打ちをし、丹次の立つ土間を指し示した。

番頭は、算盤を帳面の上に置くと、文机に両手を突いて立ち上がり、仕方なさそうに丹次の前に腰を下ろした。

「室町の『武蔵屋』さんのことだとか」

「さようで」

丹次は、慇懃《いんぎん》に腰を折った。

「それで、あなた様は」

「へぇ。以前、『武蔵屋』で番頭を務めていた要三郎さんの生まれ在所、上総の知り合いでして。長年音沙汰がなかったので、たまたま江戸に出る用のあったわたしに、様子を見て来てくれないかと、要三郎さんの親に頼まれましてね」

丹次は、江戸に着いてからのことを語り始めた。

室町の『武蔵屋』に行ったら、薬種問屋『鹿嶋屋』に売られ、さらには小間物屋息を洩らした。

『永楽堂』となっており、誰も要三郎の行方は分からず仕舞いだと説明して、ため
「それでどうして、わたしどもの店へ」

番頭が、素朴な疑念を示した。

「買い取るに当たっては、こちら様と相手方の『武蔵屋』の番頭とで何度か話し合いをなされたと思います。もしかして、要三郎さんのその後をご存じじゃあるまいかと、こうしてこちらに伺ったような次第で」

「なるほど。ですが、『武蔵屋』さんの件については、大番頭さんに聞かないとなんともね」

「大番頭さんは、お出でじゃありませんか」

「居ることは居るのですが、来客がありまして」

少し迷った番頭が、ちょっとお待ちをと腰を上げた時、

「大番頭さんだ」

と、奥の方を見て呟いた。

その視線を追った丹次の眼に、恰幅《かっぷく》のいいお店者が板張りの奥の暖簾を割って、

三人の侍を通すのが見えた。

暖簾を割ったのが、大番頭だと思われた。

すると、丹次の相手をしていた番頭はじめ、店先に居た奉公人すべてが仕事を中断して、板張りに手を突いた。

三人の侍は、大身の武家の家臣と思われ、着ている物にも物腰にも品格が表れている。

大番頭は土間の履物を履くと、三人の侍に続いて表へと出た。

『鹿嶋屋』の大事な顧客だと思われる。

口入れ屋『藤金』の親父、藤兵衛の話だと、大名家の御典医《ごてんい》の何人かを顧客に持ち、その繋がりで、『鹿嶋屋』には親密な大名家が、二つ三つあるということだった。

「大番頭さん」

丹次の相手をしていた番頭は、表から戻って来た大番頭が土間を上がるとすぐ、傍に寄って耳打ちをした。

しばらく番頭の話を聞いていた大番頭が、なんの感情も見せず、丹次に眼を向けた。

　番頭に一言声を掛けてから、丹次の前に大番頭が来て、膝を揃えた。

「大番頭の弥吾兵衛《やごべえ》と申します」

　柔和な笑みを浮かべて、小さく頭を下げた。

　五十の坂を越したばかりだろうか。

「大方のところは、たったいま番頭から聞きました。なんでも、『武蔵屋』さんの番頭さんのことだそうで」

「大番頭さんは、要三郎さんをご存じで？」

　丹次が身を乗り出すと、

「ええ。以前、一、二度、顔を合わせたことがございます」

「要三郎さんが、『武蔵屋』を売った後どうするとか、どこに行くとか、そんなようなことを口にしていたら、お聞かせ願いたいんですが」

　丹次の気が急《せ》いていた。

「わたしが顔を合わせたというのは、挨拶程度でして、要三郎さんのことは、売り買いの話し合いをしていた、わたしどもの主人にしか分からないのです」

「ご主人に、会えませんか」

丹次の足が、一歩前へ出た。

「今日は、生憎留守でして、明日、いや、明後日のそうですな、店が落ち着く、八つ（午後二時頃）時分にお出でいただければと思いますが」

「その時、ご主人に」

「ええ、主人は居るはずでございます」

弥吾兵衛が、軽く頭を下げた。

三

薬種問屋『鹿嶋屋』から『治作店』に戻るとすぐ、丹次は池之端仲町の湯屋へ行った。

『鹿嶋屋』の主人に会うことが出来れば、要三郎や兄嫁だったお滝の行方が分かるかもしれない。

いや、兄の佐市郎の行方も分かるのではないか——そんなことを思いながら、ついつい長風呂になった。

湯屋を出た丹次は、武家屋敷の塀に沿って湯島切通町へと足を向けた。

本郷の台地の西側に日は隠れて、湯屋の外の通りに黄昏が迫っていた。

天神石坂下通を突っ切って、湯島切通町の『治作店』の木戸を潜る。

路地に入りかけ、ふと足を止めた。

丹次の家の向こうに、与助とお竹、それに大家の富市が固まって、呻《うめ》き声のようなものが洩れ出ている春山武左衛門の家の中を、心配そうに覗き込んでいる。

「なにごとで」

丹次が、与助に小声で尋ねた。すると、

「春山さんは、大道でがまの油売りをしてるんですがね、口上を並べ立てるたびに、笑われるらしいんだよ」

と、声を潜めた。

丹次が首を伸ばすと、開け放された戸障子の向こうに、声を張り上げて口上の稽古をしている武左衛門の背中があった。

「お玉蛙ひき蛙といって薬力と効能にはならない。て、て、手前のは四六のがま。

四六五六はどこで分かるかっちゅうと、前足が四本に後足が六本、これを名付けて四六のがま。このがまの住めるところは、これからはるぅか北に当たって筑波山の麓《ふもと》、蛍草の露を啜りて親となる」

時々つっかえるが、武左衛門の口上は笑うほどのことはなかった。

「春山さんのお国の、なんていうんだい、訛ってるのをからかう連中がいるらしいんだよ」

そう囁いたお竹が、小さく首を振った。

武左衛門の口ぶりに似た訛りを、丹次は以前、耳にしたことがあった。

「お国というと」

丹次が声を低めて聞いた。

「書付には、たしか、下野国《しもつけのくに》とあったな」

大家の富市が、少し首を捻って、ようやく思い出した。

「わぁ」

突然、奇声を上げた武左衛門が、板張りに敷いた薄縁《うすべり》に突っ伏した。

「春山さん」

富市が驚いて声を掛けると、

「このままでは、亀戸《かめいど》で仕事を失ってしまう！」

突っ伏した武左衛門の口から、くぐもった声が洩れた。

「亀戸っていうと」

与助が尋ねた。

「それがしはいま、亀戸天神の境内を稼ぎ場にしております」

そう口にすると、突然、突っ伏していた上体を、からくり人形のような動きで持ち上げた。

「どなたか、それがしに江戸言葉をご教授して下さらんか」

顔を引きつらせた武左衛門が、路地にいた丹次たちを縋《すが》るように見た。

「しかしね、江戸の言葉なんてものは、今日明日ではなんともなりますまい」

富市が、労《いたわ》るような物言いをした。

「あぁ！」

天を仰いで声を張り上げると、武左衛門はまたしても薄縁に突っ伏した。

「さて、引き揚げますか」

富市の声で、集まっていた者たちが戸口を離れようとした時、

「あ」

お竹が低い声を出した。

『治作店』の木戸を入って来た、商家の主らしい男が、軽く会釈をして、武左衛門の隣りの家に消えて行った。

「あれが、お牧さんの旦那」

お竹が、丹次の耳元で囁いた。

「可哀そうに、春山さん、今夜は眠れやしねぇなぁ」

そう言ってため息をついた与助が、

「丑松さんは、夕餉はどうするんだね」

「湯屋に行く前に、丑松さんはおまんまを炊いて、味噌汁も拵《こしら》えてあるんだよ。感心するじゃないか」

そう口にして、お竹が鼻の穴を膨らませた。

「あとは、目刺しを焼くだけでして」

丹次が笑うと、

「どこかの亭主とは大違いだ」

唄うような声で言って、お竹が路地の奥へと足を向けた。

すぐに与助が追いついて、夫婦は、一番奥の家の中に消えた。

「それじゃ」

丹次に声を掛けて、富市は木戸に一番近い家に戻った。

丹次は、富市の向かいの我が家の障子戸を開けた。

土間に足を踏み入れた途端、隣りの壁越しに、武左衛門の口上が響き渡った。

「小心者のが、がまがが、己が姿、かが、かが、鏡に映って、驚いて流す膏汁《あぶらじる》がとろりとろり、三七、二十一日間、柳の箸は一尺二寸、とろ火にかけて、固めましたもの」

口上はつっかえつっかえしながらも、聞き取れなくはなかった。

つっかえるのは、客に訛りを笑われる恐怖心のせいだと思われる。

浅草、橋場の博徒、欣兵衛の子分としてならしていた時分、田舎から流れてきた若い者が、江戸言葉に馴染めずに、言葉に詰まるようになったのを思い出した。

「わぁ！」

奇声がして、バタンと、武左衛門が突っ伏した音が板壁の向こうから届いた。

翌日は、朝から晴れ渡っていた。

丹次は、日が昇る前に『治作店』を出た。

天神石坂下通に出ると、多くの人が行き交っている。

どうやら、不忍池の蓮が花を咲かせる時期と見え、暗いうちから多くの人が見物に訪れていた。

丹次は、昌平橋《しょうへい》の方へ足を向けた。

神田下白壁町の口入れ屋『藤金』に、仕事を貰いに行くのだ。

神田から日本橋へと向かう通りは、いつものことながら、様々な商人や物売り、買い物に来た者や江戸見物の連中も多く、荷車曳きや棒手振《ぼてふ》りが、「どけどけ」と荒々しい声を張り上げて人の波を縫って行く。

「お。来たね」

口入れ屋『藤金』の暖簾を潜って、丹次が土間に足を踏み入れると、帳場に座っていた藤兵衛が帳面から顔を上げた。

「仕事の口がないものかと来たんですが」

「ありますよ」

にこりと笑った藤兵衛が、帳面を二、三枚、めくった。

「鍋町の瀬戸物屋から、亀戸の料理屋に器を運ぶ仕事だがね」

「へい」

丹次は、すぐさま承知した。

「手間賃は、百文（約二千五百円）だが、いいかね」

「結構です」

丹次は、即答した。

追われる身の上とすれば、真っ当に金を稼げるだけでも幸いだった。

神田下白壁町からほど近い、鍋町の瀬戸物屋に行って用件を伝えると、

「こっちへ」

店の手代に案内されて、丹次は、店内から表へと出た。

「これを、亀戸の『櫛田屋《くしだ》』さんに届けてもらいます」

手代が、すでに荷の積まれた大八車を指した。

「大八はうちのものですから、届けたらまたこっちに曳いて来てもらいます」

「承知しました」

丹次が、小さく頭を下げると、「頼みましたよ」と声を掛けて、手代は店内に戻った。

懐から萌黄《もえぎ》色の手拭いを取り出すと、丹次は頰被りをした。

日射しを避けるためのものだったが、顔を隠す役目も大きかった。

丹次は、鍋町から、とりあえず両国橋を目指して、梶棒《かじぼう》を回した。

積み荷は、三十客分の瀬戸物と椀だと聞いている。

大して重い荷ではなかったが、急ぐわけにはいかなかった。

品物は紙や藁《わら》で包んではあるが、悪路を急いで、割るようなことがあってはならない。

三年離れていたが、丹次は、江戸の道筋に明るかった。

江戸のあらゆるところを遊び場にして、放蕩三昧《ざんまい》の日々を送っていた時分、丹次の身体の中に沁み込んでいた。

特段急ぐこともなく、一刻（約二時間）ばかりで、竪川に架かる四ツ目之橋を北に渡って、亀戸村に着いた。四ツ目之橋からまっすぐ延びている四ツ目通を北へと進み、深川六間堀代地町の四つ辻を右へと折れた。

大名家の下屋敷の塀を右手に見て進むと、十間川に架かる天神橋が見える。

その橋の向こう側一帯が、人の行き来で賑わっていた。

天神橋の先は亀戸町となり、亀戸天満宮の門前である。

大八車を曳く丹次は、料理屋、茶店、土産物屋などが建ち並ぶ参道を、参拝や行楽の人の間を縫うように、ゆっくりと進んだ。

端午の節句はとっくに過ぎていたが、子供を連れた参拝者が多く見られた。

学問の神様にお参りをして、子供の出世を願う親たちの姿は、湯島天神界隈でも、依然、多く眼についていた。

料理屋の『櫛田屋』は、門前を通り過ぎた先の三叉路を左に曲がった右側にあると聞いていた。

聞いていた通りに進むと、天満宮の敷地の向かいに、『櫛田屋』と記された掛看板の下がった二階建ての建物があった。

丹次は、大八車を裏手へと回した。

板塀が巡らされた裏手の勝手口から入ると、小さな物置小屋が三つ並んだ裏庭があり、開けっ放しになっている戸の中から、威勢のいい声が聞こえる。

昼時を前に、料理人たちが支度をしている板場のようだった。

「神田鍋町から器を届けに参りました」

戸口に立った丹次が声を張り上げると、

「おたつさん、頼むよ」

「はいよ」

男の声に返答した、土間の竈《かまど》の前で立ち働いていた肥った女中が、庭に出てきた。

「品物は外に」

そう口にして、丹次はおたつと呼ばれた女中を勝手口の外に案内した。

「これなら、あんたと二人でいっぺんに運べるね」

大八車に積んであった荷を見て、おたつは平然と口にした。

「それじゃ、わたしが茶碗を持ちますから、姐さんはお椀を」

「いいや、こう見えても、米一俵担げるんだから」

紙などに包まれた十五客分の茶碗は、縄で縛られて二つある。

おたつはそれを、なんなく抱え上げると、勝手口から中に運び入れた。

お椀の荷を持って、丹次はその後ろに続いた。


亀戸天満宮には、丹次は何度か来たことがある。

その時分には、お参りなどという、殊勝な思いなど微塵もなかった。
七、八年も前、つるんでいた悪仲間と、金を稼ぎに来た場所だった。
丹次は、『櫛田屋』の裏手に大八車を置かせてもらい、久しぶりに天満宮の境内に足を向けたのである。

藤の時期は過ぎていたが、藤棚のある池の周辺は行楽の人で混み合っていた。

境内では、客を呼ぶ露店の物売りや葭簀《よしず》掛けの水茶屋の女たちが負けじと声を張り上げている。

丹次は、獲物を狙うように人混みを窺う幾つもの眼に気付いていた。

掏《す》りやひったくり、それに、金を脅し取りやすい相手を見定めている連中が、あちこちに潜んでいる。

以前の丹次の姿だった。

小さく苦笑した丹次は、本社のある奥へと足を向けた。

本社をぐるりと回って、裏門の方へ向かう丹次の耳に、たどたどしい男の声が届いた。

殆《ほとん》どの人が通り過ぎる植え込みの傍で、白い衣装に赤の鉢巻を巻いた春山武左衛門が、がまの油売りの口上を、口から泡を飛ばしながら並べ立てていた。

「てて、手前持ち出したるは、鈍刀《なまくら》なりといえども、切れないというものではねぇ。いや、ない。お眼の前で、いま、白紙を細かに刻んでご覧に入れる」

それだけの口上を述べる間に、立ち止まっていた五、六人の男たちから、失笑が三度も洩れた。

訛りを気にするあまり、焦って言葉をつまらせ、それが笑いに繋がって、さらに慌ててしまうのだ。

それでも武左衛門は、汗を流しながら口上を続けた。

「なんだって、もう一遍言ってくれ」

訛りをからかうような野次が飛んだ。

武左衛門が言い直すと、それでまた笑いが起きた。

「油売り、おめぇ、生国はどこだ」

「し、し、下野でござる」

武左衛門が、律儀に返事をした。

「下野のもんが、常陸国《ひたちのくに》の筑波山のがまの油を売るのかよ」

心無い客の声に笑いが起きたが、

「うるさい。江戸の者が、上方の下り酒を売ってるじゃないかい」

怒りの声を上げる者もいた。

「おれの在所も下野だから、物言いが懐かしいよ。浪人、気を落とすな」

そんな、別の声も飛んだ。

優しく労られる方が、いまの武左衛門にはかえって辛いのかもしれない。

唇を嚙んで俯き、両足を踏ん張ったまま、武左衛門は動けなくなってしまった。

丹次はそっと、その場を離れた。

四

下谷御成街道を上野広小路へと向かっている丹次の耳に、上野の山から響く時の鐘の音が届いた。

八つ（午後二時頃）を知らせる鐘だった。

亀戸天神近くの料理屋に瀬戸物と椀を届けた丹次は、九つ（正午頃）を少し過ぎた頃、神田に戻って来た。

大八車を鍋町の瀬戸物屋に返して、口入れ屋『藤金』に戻ると、

「湯島に帰るのなら、ついでと言っちゃなんだが、下谷に届け物をしてもらいたいんだよ」

藤兵衛が、片手で丹次を拝んだ。

神田三河町の漆器屋から、下谷新寺町の仏具屋に品物を届けてほしいとのことだった。

手間賃は七十五文（約千九百円）だったが、丹次は受けた。

口入れ屋『藤金』を出て、表通りの蕎麦屋で昼餉を摂った後、三河町の漆器屋に回って届け物を受け取ると、下谷の仏具屋へと向かう。

新寺町の仏具屋はすぐに分かった。

品物を届けると、茶でも飲んで行けという店主の誘いを、

「行くところがあるから」

と断って、丹次は表通りへと出た。

行くところがあると言ったのは、半分口から出まかせだったが、まったくの出鱈《でたら》目《め》ではなかった。

上野まで行くのなら、浅草まで足を延ばそうかという思いがどこかにあった。

浅草寺奥山の水茶屋『三雲屋』の茶汲み女、おかねを訪ねて、庄太からの言伝《ことづて》がないか、聞いてみたかったのだ。

庄太との間に、特段、取り交わした約束などなかったが、なにか伝言があるのではないかと密《ひそ》かに期待していた。

東本願寺の先を左へ曲がり、広小路を右に折れて風雷神門前に差し掛かった時、並木町の方から、男の一団が広小路に現れたのが、丹次の眼に留まった。

五人ほどの一団の先頭に立っているのは、百足の孫六だった。

丹次は咄嗟に、頬被りをした。

孫六をはじめ、付き従う子分たちは、行き交う人々を押しのけるようにして、大川橋の方へとふんぞり返って歩き去った。

周りを威嚇《いかく》するような子分たちの中に、庄太の顔がなかったことに、丹次はほっとしていた。

孫六の縄張りである橋場が近い浅草に来る時は、やはり、用心が要る。

丹次は、風雷神門を前にして、踵《きびす》を返した。


不忍池の東半分は日が射していたが、西半分は翳《かげ》っていた。

本郷の台地の向こう側に日は沈んだが、不忍池の東半分と上野の山の五重塔はまだきらきらと西日を受けている。

浅草から戻って来た丹次は、日の翳った不忍池の畔《ほとり》を湯島の方へ向かっていた。

池之端仲町の途中から左へ曲がり、四つ辻を右へ折れた。

先日飛び込んだ、湯屋のある通りである。

天神石坂下通に出た丹次は、湯島切通町の方に道を横切ろうとして、ふと足を止めた。

切通の先の、門前町の角に立ち止まって、なにやら迷っている武左衛門の姿があった。

武左衛門が立っているのは、居酒屋の前だった。

軒行灯に火は入っていないが、縄暖簾が掛かっているところを見ると、店は開いているようだ。

手にした巾着の中身を確かめた武左衛門は、天を仰いでため息をつくと、巾着を懐に仕舞いつつ、切通へと向かって来た。

「春山さん」

近づいて行った丹次が、小さく声を掛けた。

「うぉうぉうぉ」

奇妙な声を上げた武左衛門が、虚空を摑むように両手を動かして、大袈裟な驚き方をした。

「驚かせてすまねぇ」

丹次の方が、かえって慌ててしまった。

「いやいや、それがし、思いもよらぬことが起こると、過敏なほど驚く癖がありまして」

手の甲で、武左衛門が額を拭いた。

「わたし、これからこの先の居酒屋で夕餉を摂るつもりですが、よかったら一緒に如何《いかが》ですか」

「うん。しかしな」

「今日はわたし、初めて仕事にありつけましたんで、酒ぐらい奢《おご》らせてもらいますよ」

「いやぁ、それは困るなぁ」

遠慮する武左衛門には構わず、

「行きますよ」

丹次は先に立って、武左衛門が入るのを迷っていた居酒屋の暖簾を両手で割った。

「いらっしゃい」

店の小女が、暖簾を割って入った丹次と、すぐ後ろに続いた武左衛門に声を掛けた。

店内にはまだ客は居なかった。

「とにかく上がりましょう」

武左衛門に声を掛けると、丹次は土間から板張りへ上がった。

武左衛門も上がり、二人は板張りの奥で向かい合わせに腰を下ろした。

「姐さん、おれら仕事帰りで喉が渇いてるから、冷や酒をまず、くんな」

丹次は、早速注文した。

酒は二合徳利にしてもらい、鰹《かつお》の刺身、鰆《さわら》の塩焼き、胡瓜《きゆうり》の三杯酢に葉生姜を頼んだ。

「しかし、どうしてそれがしに」

丹次の誘いに、武左衛門は依然戸惑っていた。

「こうやって、表で出会うことがなきゃなかなか酒なんぞ一緒には飲めませんからね。お隣り同士、たまにゃいいじゃありませんか」

丹次が、笑みを浮かべた。

徳利と盃が運ばれて来ると、

「さ、一杯」

　丹次が徳利を持って、武左衛門に勧めた。

「恐れ入る」

「わたしは手酌でやりますから、お気遣いなく」

　徳利を取ろうとした武左衛門を制して、丹次はそう宣言した。そして、

「それじゃ、これからも一つよろしく」

　丹次の音頭で、二人は盃を口に運んだ。

　徳利の酒を半分くらい飲む間に、通りに面した障子の外は暮れていった。

　小女が表に出て戻って来ると、戸口の辺りがほんのりと明るくなったのは、軒行灯に火を入れたからだろう。

　出職の職人たちが何組か入って来て、板張りは七分ほどの客入りになった。

「わたし、今日、亀戸天神で、春山さんのがまの油売り、見たんですよ」

「なんと」

　葉生姜を齧《かじ》った口をあんぐりと開けて、武左衛門が丹次を見た。

「それがし、笑われておりましたでしょ」

武左衛門の問いかけに、丹次は正直に頷いた。

「いつも、あぁやって、笑われておるのです」

そう口にすると、武左衛門は口の中の葉生姜《やし》をガリガリと噛み砕きはじめた。

「今日も、売れたのは一つですよ。香具師の親分のところに顔を出すたびに、肩身の狭い思いばかりして」

武左衛門が、がくりと首を折ると、深いため息をついた。

香具師の仕事について、丹次はよく知っていた。

丹次の親分、欣兵衛は博徒だったから、香具師の世界と近い稼業だが、その稼ぎ方はまったく別物だった。

香具師は、大道や寺社の境内で物を売る者や、大道芸人たちに品を売る。

一度、香具師と売り手の間に関係が出来ると、売り手は他の香具師から物を買うことは出来ない。

その代わり、香具師は売り手に、縄張り内での仕事場所の保証をする。

従って、香具師が儲けを伸ばすには売り手を確保し、縄張りを広げるしかない。

それで、香具師同士の縄張り争いが起きる。

香具師が喧嘩に長《た》けた集団になったのは、そういった事情があるからだ。

「それがしが世話になっているのは、亀戸天神の周辺を縄張りにしている、長蔵《ちょうぞう》という親分でして」

そう口にした武左衛門は、

「こんなそれがしの世話をしてくれる、有難い親分なのだ」

と、背筋を伸ばした。

「春山さんは、下野の出だとか」

「さよう。家名は口に出来ぬが、三年前、領内で起きた百姓一揆の責めを負ったお奉行が切腹となり、郡方《こおりがた》の一人だったそれがしも連座して、藩を追われました」

領内に居ては仕事などないと、江戸行きを口にしたのだが、妻と二人の子供は、親や知人のいる下野国に残ると言い張り、武左衛門はついに離縁状を叩きつけて単身江戸に来たのだと打ち明けた。

「なるほど」

呟いた丹次が、武左衛門の盃に酒を注いだ。

「春山さんは、無理をして江戸言葉で口上を述べようとしない方がいいんじゃありませんかねぇ」

　自分の盃にも酒を注ぎながら、丹次が口にした。

「しかし」

「途中でつっかえたり、言い直したりするから先に進まないし、客も笑う」

「始めてから二年半、最初からずっと、その繰り返しでした」

　胡坐《あぐら》をかいていた武左衛門が、膝を揃えて座り直し、両手を腿の上に置くと、顔を天井に向けて、はぁと、大きく息を吐いた。

「これからは、国の言葉で、堂々とやっつけちゃどうですかね」

　丹次が、笑みを浮かべて切り出した。

「やっつけるというと」

「つまり、口上をお国の訛りのまんまやるんですよ。その方が楽じゃありませんか」

「それはそうだが」

「だったら一遍、それでおやんなさいよ。言い易《やす》ければ、その方が、客には売り手の思いが染み入ると思いますがねぇ」

その手に成算があったわけではないが、いままで通りのやり方に風穴を開けるには、思い切った手を打つしかないのではないか。

武左衛門は、丹次の提案にはなんの反応も示さず、その後もただ、ため息を繰り返した。

五

日本橋、本石町《ほんごくちょう》の時の鐘が八つ（午後二時頃）を打ちはじめた。

丹次はすでに、日本橋を渡り終えていたが、少し足を速めた。

「明後日の、店が落ち着く、八つ時分にお出でいただければと思いますが」

薬種問屋『鹿嶋屋』の大番頭、弥吾兵衛から、二日前、そう言われていた。

丹次は、『鹿嶋屋』の主人に話を聞けることになっていた。

兄嫁のお滝とともに、丹次の実家である『武蔵屋』を傾かせ、その挙句土地建物を売り飛ばして姿をくらませた、要三郎の行方が分かるかもしれないのだ。

表通りから通二丁目新道へと入った丹次は、ふっと、妙な気配を感じた。

見回したが、特段、これという理由は見当たらない。

ほんの僅《わず》かに首を傾げながら、丹次は声を掛けるのも忘れて『鹿嶋屋』の土間に足を踏み入れた。

「お出でなさい」

板張りに広げた薬草の仕分け、薬棚の整理をしていた手代や小僧の誰かから、声が掛かった。

平の番頭と机を並べていた大番頭の弥吾兵衛が、愛想のいい笑みを浮かべて帳場を離れると、土間に立つ丹次の前に立った。

「お待ちしておりました。ささ、こちらへ」

弥吾兵衛は、土間の隅へと丹次を誘うと、上がり框近くに膝を揃えた。

丹次も、半身になる形で腰を掛けた。

「実は、主には急な用事が出来ましたので、わたしがお相手をさせていただきます」

「一昨日は、要三郎のことは、主じゃないと分からないというから出直したんだが」

丹次が、少し声を尖らせた。

「そのことについては、主から聞いております範囲でお答え出来ると存じます。ですがその前に、この前あなた様は、『武蔵屋』の元番頭の要三郎さんの親に頼まれて、様子を見に来たということでしたが」

「あぁ」

丹次は二日前、そういう口実を使って要三郎の行先を尋ねていた。

「しかし、主人が申しますには、『武蔵屋』の売り買いの時に何度か顔を合わせた要三郎さんの口から、上総にはもう、二親は居ないと聞いていたそうですが」

顔は柔和な弥吾兵衛だったが、口ぶりに鋭さがあった。

「仰《おっしゃ》る通り、わたしゃ、嘘をついておりました」

丹次は、開き直ることにした。

丹次を見詰める弥吾兵衛の双眸《そうぼう》に、何かを推し量るようなものが窺えた。

「実は、要三郎に貸した金を取り返すために捜し回ってるんですよ。まともに出れば逃げられる恐れがありますんで、えへへ、上総から出てきた男になり切っていたんですがねぇ」

丹次は、物言いまで改めた。そして、

「要三郎って野郎は、『武蔵屋』の番頭になる前から、あちらこちらの賭場に出入りしていたんですが、不義理を重ねた評判の悪なんですよ」

そう口にして、袖を捲《まく》り上げた丹次は腕を組んだ。

「いずれにしましても、主人が申しますには、要三郎さんとは、『武蔵屋』の売り買いの話し合いの時だけ顔を合わせたくらいで、後のことは何も知らないということでございました」

弥吾兵衛が、丹次に向かって、上体を軽く倒した。

向こうの言い分が本当かどうかはともかく、これ以上居ても埒《らち》が明きそうになかった。

「じゃ、おれは」

腰を上げた丹次の眼の端に飛び込んで来たものがあった。

帳場の後ろ、店と奥との境に掛かった長暖簾の向こうに、男物の着物と羽織の裾が見えた。

茶色の絽《ろ》の着物に黒の羽織である。

「邪魔したね」

丹次が、敢えて大声を出して戸口に向かうと、暖簾の向こうの男の着物は奥へと消えた。

「お見送りを」

弥吾兵衛が、土間の履物を履いて、丹次の後ろに続いて表に出て来た。

「じゃな」

後ろを振り向くと、歩き出した丹次に、弥吾兵衛が深々と腰を折っていた。

『鹿嶋屋』の大番頭が、どうしてこんな真似をするのか——そんな疑念を抱いた途端、またしても違和感を覚えた。

先刻、『鹿嶋屋』に入る時に違和感を覚えたのは、人や荷車などの往来の激しい日本橋の小路のそこここに、じっと動かない人影を見たからだった。

その人影が、弥吾兵衛の見送りを受けて、丹次が『鹿嶋屋』から歩き出すと同時に、動いたのだ。

小路の物陰に潜んでいた男が三人、後ろからついて来た。

丹次は、気づかないふりをして菅笠を被ると、ゆったりと日本橋の方へと足を向けた。

高札場の前を通り過ぎて日本橋を渡った丹次は、橋の北詰を魚河岸の方へと曲がった。

行く当てはなかったが、付けて来る男どもがどう出るのか確かめたかった。

江戸橋に続く広い通りをのんびり歩いてみたが、付けている男三人が間を詰めて来る気配はない。

どうも、襲い掛かるつもりではなさそうだ。

丹次の行先を確かめようとしているのかもしれない。

それならば――腹の中で、呟いた。

丹次に、妙案が浮かんだ。

江戸橋の北詰をまっすぐ進んだ丹次は、荒布《あらめ》橋を渡るとすぐ、堀沿いの道を北へ向かった。

堀留一丁目の丁字路に突き当たると、右へ折れ、丹次は、通旅籠町から馬喰町界隈の込み入った小路をくねくねと歩き回った挙句、大丸新道の朝日稲荷の境内に飛び込んだ。

通り際の植え込みに身を隠して息を詰めていると、稲荷の表に駆け付けた二人の男が足を止め、辺りに眼を走らせた。

一人は、顎の尖った二十代半ばの細身の男で、もう一人は、伸びた髪を後ろで束ねた三十くらいの逞《たくま》しい体躯《たいく》の男だった。

そこへ、荒い息をして追いついたのは、三十を過ぎた坊主頭の男だった。

いずれも、職人やお店者ではない。

どう見ても、破落戸《ごろつき》どもだった。

辺りをきょろきょろ見回した男たちは、さんざん舌打ちをすると、その足を汐見橋の方へ向けて立ち去った。

丹次が境内から通りに出ると、三人の男たちの後ろ姿が、半町（約五十五メートル）先にあった。

丹次は、足音を殺して男たちの後ろに続いた。

男たちの行先を突き止めるつもりだった。

汐見橋を渡ると、男たちは橘町四丁目の四つ辻まで行って、左に折れた。

通塩町の角を通り過ぎ、旅人宿の建ち並ぶ馬喰町の通りの四つ辻に出たところで、男たちは右の方に向かった。

丹次が続こうとした時、

「あら、この前は」

女の声がした。

四つ辻の向こうから、通りを横切って来たのは、居酒屋『三六屋』の女主、お七だった。

「これから店を開けるんですよ」

お七が笑みを浮かべた。

『三六屋』のある元浜町は、ここから近かった。

「申し訳ねぇが、急ぎますんで、いずれまた」

詫びを口にすると、丹次は、男たちが向かった浅草御門方面へと急いだ。

だが、広い通りの先に男たちの姿はなかった。

道を幾つか曲がって、両国広小路まで足を延ばしてみたが見当たらず、馬喰町の通りへと引き返すと、郡代《ぐんだい》屋敷の方まで回ってみた。

しかし、西日の射す初音の馬場付近に、それらしい人影はなかった。

黄昏時を迎えた通二丁目新道は、夕焼けの色に染まっている。

商家が次々と大戸を下ろす様子を、丹次は物陰から見ていた。

ほんの少し前、日本橋に舞い戻った丹次は、『鹿嶋屋』の様子をぼんやりと眺めていた。

これという目的があったわけではない。

だが、不審は膨らんだ。

『鹿嶋屋』はなぜ、破落戸たちに丹次を付けさせたのか。

そんなことを考えていると、手代や小僧たちの手で、ついに、『鹿嶋屋』の大戸が下ろされた。

丹次が物陰から出ようとした時、二人の駕籠舁《かごか》きが、簾《すだれ》を上げた空の辻駕籠を担いで来て、大戸の前に置いた。

大戸の潜り戸が中から押し開けられるのを見た丹次は、すぐに物陰に身を潜めた。

店の中から出てきたのは、大番頭の弥吾兵衛だった。

弥吾兵衛に行先を告げられたものか、駕籠舁きは大きく頷いた。

潜り戸から、もう一人出て来た。

夕焼けに染まってはいたが、後から出てきた男の着物は茶色の紹で、着ている羽織は黒だと見分けはついた。

男の年は、五十はとうに過ぎていると見えた。

茶色の着物の男が駕籠に乗り込むと、簾が下ろされて、駕籠舁きが大通りへと担いで行った。

弥吾兵衛が店の中に引っ込むのを待って、丹次は駕籠を追った。

表通りに出た丹次は、それほど急ぎもしない速度で日本橋の方へ向かっていた。

暮れなずむ大通りは、昼間の喧騒が嘘のように静かだった。

日本橋を渡った駕籠は、室町三丁目の浮世小路《うきよしょうじ》へと曲がった。

その先の川の両岸には、明かりの点《つ》いた提灯や雪洞《ぼんぼり》が並べられ、華やかな佇まいを見せていた。

駕籠は、建物の中から零《こぼ》れる明かりが道を照らしている料理屋の玄関先で停まった。

灯の灯った行灯に『清《きよ》むら』という文字がある。

駕籠舁きが簾を上げると、男が駕籠を降りた。

酒手《さかて》を弾まれたのか、駕籠舁きふたりが、中に入る男の背中に、何度も腰を折った。

料理屋の土間に立った茶色の着物の男は、上がり口に迎えに出て来た女たちに案内されて、丹次の視界から消えた。

駕籠が立ち去るとすぐ、丹次はそっと、料理屋の土間に入り込んだ。

「なにか御用で」

土間の端の下足置き場から、白髪頭の下足番が出てきた。

「実はいま、駕籠から降りてここに入った旦那の手拭いを拾ったんだが」

丹次は、畳んで懐に押し込んでいた銀鼠色の手拭いを取り出した。

「わたしから届けましょうか」

そう口にした下足番を、丹次が制した。

「いやいや、座敷にこんなもんを届けるような無粋なことはしたくねぇ。以前、見かけたことのある旦那だから、おれがこの足で、家の方に届けるが、確かあの人は通南二丁目の方の」

「へぇへぇ。『鹿嶋屋』の旦那さんでございますよ」

下足番が、笑顔で頷いた。

「ええと、大番頭が弥吾兵衛さんだから、旦那は」

「源右衛門《げんえもん》さんです」

「そうそう。源右衛門さんだ」

大きく頷いた丹次は、

「このことは、源右衛門さんにはなにも言わなくていいからね」

下足番にそう声を掛けて、表へと出た。

大通りへ出た丹次は、湯島の方へと足を向けた。

胸の中に、ふつふつと疑念が湧いて来た。

昼間、『鹿嶋屋』を訪ねた時、主人は居ないと弥吾兵衛は言ったが、それは真っ赤な嘘だった。

だが、なぜ、嘘を言わなければならないのかが、丹次には分からない。

そして、なぜ、破落戸どもに付けられたのかもだ。

夜の帳《とばり》に包まれはじめた通りの先を、丹次は睨むように見ていた。

第三話　忘れ草

一

頬被りをした丹次は、空の大八車を曳《ひ》いて、三十間堀の東豊玉河岸《ひがしとよたまがし》を北へと向かっていた。

昨日も今日も、口入れ屋『藤金』から立て続けに口が掛かって、この日は、日本橋の炭屋から、木挽町五丁目にある茶の宗匠《そうしょう》の家に、炭俵三俵を届けた帰りである。

丹次の実家、『武蔵屋』の土地建物を買い取って、小間物屋の『永楽堂』に転売した薬種問屋『鹿嶋屋』の主人、源右衛門を見かけてから三日が経っていた。

「立夏からひと月後くらいが蛍狩りにはいいというから、そろそろ終《しま》いかねぇ」

『治作店』の住人、鋳掛屋の与助がそんなことを口にしていた。

今日は、五月の十四日である。

湯島切通町から近い、谷中の蛍沢は蛍の名所だったが、

「昼間町中を動き回っていると、改めて、夜出掛けるのが億劫《おっくう》になって、とうとう蛍狩りは行けずじまいだった」

与助はそうぼやいていた。

木挽町一丁目の紀伊国橋を過ぎて、右に曲がる堀に沿って進むと、今度は左へと堀は曲がった。

近江国膳所藩《おうみのくにぜぜ》、本多隠岐守《ほんだおきのかみ》家の上屋敷前を通り過ぎて、真福寺橋に差し掛かった時、小路から声を上げながら飛び出した男児の姿が眼の端に留まった。

男児の後ろから、付き添いと思える若い女が追って来たが、遅かった。

広くなった橋の袂には棒手振りや荷車が行き交っていて、それを掻《か》い潜《くぐ》ろうとした男児は何かにぶつかったものか、足をよろめかせながら、八丁堀へと落ちた。

三十間堀が真福寺橋の下を過ぎて右へ流れ込んだ先が、八丁堀である。

「坊ちゃん！」

追って来た付き添いの、十七、八ばかりの女が、水面に向かって悲鳴に近い大声を上げた。

通りがかりの男たちはみな、咄嗟のことに身体が固まっている。

一瞬躊躇《ためら》った丹次だったが、勝手に足が動いていた。

大八車を道端に停め、炭屋の半纏《はんてん》を脱ぎながら岸辺に向けて走った。

八丁堀には、荷船や川遊びの屋根船が四、五艘《そう》浮かんでいたが、既に舳先《へさき》を大川の方に向けていて、船の誰も水音に気付いていないようだ。

走りながら草履と着物を脱ぎ捨てた丹次は、下帯一つになって堀へと足から飛び込んだ。

堀の水面でもがき、浮いたり沈んだりしていた男児に後ろから近づき、顎の下に腕を回した。

男児の顔を上向きにしたまま抱え込み、抜き手を切って八丁堀の河岸へと泳いだ。

江戸にいた頃は、泳ぎなど出来なかった。

だが、遠島になった八丈島で、魚を捕り、岩場の底のさざえや鮑《あわび》を捕って暮らした二年の間に、泳げるようになっていた。

「誰か受け取ってくれ」

丹次が、岸辺に着いて声を張り上げると、石垣の上に居た男たちが手を差し伸べて、ぐったりとした男児を通りへと引き上げてくれた。

石垣をよじ登った丹次は、仰向けに寝かされた男児の胸を押した。

大して飲んではおらず、吐いた水は僅かだった。

溺れた者の胸に溜まった水を吐かせなければならないというのも、八丈島の漁師から教わったことである。

男児に意識はあるものの、心なし息が細い。

「坊ちゃん」

付き添っていた下女が、突っ立ったまま呟いた。

髪型や着ている物から、商家の子供だと思われた。

「ここじゃなんだ、そこの自身番に運びなさい」

駆け寄った町内の者が、目と鼻の先の自身番を指さした。

家の中から出てきた近所の男どもが、男児を抱えて自身番に運ぶのを見た丹次は、脱ぎ捨てていた着物と半纏を急ぎ羽織った。

丹次の身体には、海の岩場などで受けた傷跡が無数にある。

島抜けをした身でありながら、人の眼を集めるようなことをしてしまったと後悔していた。

草履に足を通した丹次は、道端に置いていた大八車を曳いて、真福寺橋を白魚河岸の方へと急いだ。


丹次が炭俵の運搬を請け負った炭屋は、八丁堀から大した道のりはなかった。

日本橋の表通りから、東へ三町（約三百二十メートル）ばかり行った先の楓川の材木河岸に炭屋はあった。

大八車を店の前に置いた丹次は、土間に入ると借り受けた半纏を、帳場に座っていた店の主に返した。

「この辺りに、締め込みにするような晒《さらし》を売ってる店はありませんかね」

堀端で棒手振りを避けたところ、ふらついて堀に落ちて下帯を濡らしたのだと、丹次は笑って、頭に手をやった。

「なぁに、買うことはないよ。うちのかかぁが、奉公人の為にって、下帯を何本も箪笥《たんす》の中にしまってやがるから、一本くらいやるよ」

主は、待ってな、と口にして帳場を立った。

裏庭の方から、炭を切ったり、叩き割ったりする音がしている。

この炭屋では、窯《かま》から出たままの炭を買い取って、様々な長さに切り分けたものを小売りの店に卸していた。

「これをやるよ」

奥から戻って来た主が、きちんと畳まれた下帯を差し出した。

「それじゃ遠慮なく」

丹次は受け取った。

「裏で締めさせて頂いたら、そのまま『藤金』へ戻りますんで、ここで失礼します」

「濡れた下帯は、裏のどこかに掛けて行ってくれたらいいよ」

「へい」

返事をすると、丹次は頭を下げて、土間から裏庭へ出た。

貰った下帯を裏庭で締めた丹次は、頰被りをして炭屋を出た。

ほんの少し南へ進み、小松町と川瀬石町の間の道を日本橋の表通りに向かった。

丹次が歩を進めている道は、次の四つ辻を突っ切れば、通二丁目新道に繫がる。

昨日、口入れ屋『藤金』の口利きで炭屋の仕事にありついた丹次は、通二丁目新道の薬種問屋『鹿嶋屋』が近いことに気付いて、仕事の帰り、さりげなく『鹿嶋屋』の前を通ったのだ。

通るだけで、何かをするというつもりはなかった。

実家である『武蔵屋』の番頭になって店を傾かせた、要三郎の行方を尋ねただけの『鹿嶋屋』というものが、どうも気になって仕方がない。

なのに、なぜ『鹿嶋屋』の主、源右衛門は居留守を使い、破落戸《ごろつき》に丹次を付けさせたのか。

そんな思いを抱いて、丹次は今日も、通二丁目新道へと足を向けていた。

すると、行く手の『鹿嶋屋』の前に乗り物が置かれていて、その近くには、揃いの法被《はっぴ》を着た担ぎ手が四人、膝を折って待っている姿があった。

店の中から大番頭の弥吾兵衛が出て来ると、自らの手で暖簾を開いた。

開かれた暖簾の向こうから、源右衛門が先導して、いかにも医者と見える男を乗り物へと導いた。

駕籠に乗り込む医者に腰を折っている源右衛門と弥吾兵衛を横目に、丹次は『鹿嶋屋』の前を通り過ぎた。


江戸は、朝から五月晴れだった。

丹次が、口入れ屋『藤金』から貰った仕事はこの日も車曳きだったから、晴天はありがたかった。

積み荷は味噌樽だというので、二人で組むことになった。

一人が大八車を曳き、一人は押す方に回るということを何度か繰り返して、日本橋と田町を二往復した。

堀に落ちた男児を助けてから二日が経っている。

一日の仕事を終えて『治作店』に帰った丹次は、夕餉の支度に取り掛かった。

何もぜいたくな献立ではない。

朝の残りの飯があったので、味噌汁を作り、他に目刺しと茄子を焼くだけだ。

夕餉の支度をほぼ済ませた丹次は、井戸端に出ると俎板《まないた》と包丁を洗い、笊《ざる》に載せた。

本郷の台地の東にある湯島切通町は、他所よりも早く日が翳《かげ》るが、夕暮れ時には赤く染まる。

「あじ、あじ！」

表通りの方から、物売りの声がすると、

「鰺《あじ》売り屋、待ってくれ」

追いかける男の声が続いた。

「夕鰺売りの声を聞くと、夏だなって思うね」

大家の富市が、家から路地に出て来て、にやりと笑った。

俎板と包丁を入れた笊を抱えて立ち上がった丹次は、木戸を潜って来る人影を見た。

「なにか」

富市が声を掛けると、

「こちらに、丑松さんという方はお出でになりますか」

商家の古手の奉公人らしい初老の男が、富市に問いかけた。

「番頭さん」

初老の男に従っていた若い女が、丹次に眼を向けたまま、ぽつりと口にした。

「丑松さんなら、この人ですよ」

富市が、丹次を手で指し示した。

すると、

「こちらに間違いないのかい」

初老の男にそう尋ねられた連れの女は、丹次を見たまま、大きく頷いた。

「わたくしは、芝口の絹問屋『加納屋《かのう》』の番頭で、益次郎《ますじろう》と申します。これは、下女の信《のぶ》といいます」

益次郎が名乗り、連れの女の名を口にした。

「二日前、『加納屋』の跡取りの佐吉《さきち》が堀に落ちたのを、お助け下されたとお聞きして、お礼に参りました」

益次郎が深々と腰を折った。

あ、と丹次は思わず口を開けた。

益次郎に付き従っていたのは、堀に落ちた男児を「坊ちゃん」と呼んだ女だった。

「こんなとこじゃなんだ、こちらへ」

丹次は、先に立って、二人を井戸の横にある家の中に案内した。

「上がってもらってもいいんだが」

土間を上がった丹次が勧めると、

「いえ、ここで」

益次郎とお信は、狭い土間に並んで立った。

「これは心ばかりのお礼のものでございます。どうか、お納めを」

益次郎が、絹の風呂敷を解いて、紙包みを丹次の前に置いた。

そして、堀に落ちた跡取りの佐吉は、三日に一度、南八丁堀の学問指南所に通っており、その行き帰りに付き添うのがお信だと、益次郎が口にした。

「つかぬことを聞くが」

そう前置きをした丹次が、どうして名前と住まいを知ったのかを益次郎に尋ねた。

「へぇ。お信に、お助け下さったお人の名をどうして聞かなかったのかときつく叱ったところ、半纏の襟《えり》に『日本橋　炭　玉屋』と書いてあったのを見たと申しましたもので」

益次郎の言に、お信が小さく頷いた。

「それでわたしどもの手代を日本橋の玉屋さんに走らせますと、堀に落ちて、下帯を濡らした人がいるということで、その人を斡旋した口入れ屋の『藤金』さんに手代が行ったところ、湯島切通町の『治作店』に住む、丑松さんだと分かりまして、こうして」

益次郎が、また腰を折った。

「しかし、それは、わざわざ恐れ入るね」

「いいえ」

と、手を横に打ち振った益次郎は、これまで佐吉の送り迎えにはなんの不始末もなかったのだと口にして、ため息を洩らした。

「これの不注意で、丑松様にはご迷惑をお掛け致しました」

益次郎とお信が、ともに丹次に頭を下げた。

「番頭さん、この人を責めるのはお門違いですよ」

丹次が、お信の方を見てそう口にした。

「佐吉って子は、小路を出たら、いきなり堀の方に駆け出したんですよ。そしたら、行き交う棒手振りやら荷車にぶつかりそうになって、足をよろけさせて、堀に」

「そうなのか」

益次郎が問いかけると、お信は、小さくこくりと頷いた。

「あの子は、お父っつぁんと叫んで駆け出したんじゃなかったかな」

「お父っつぁん、ですか」

益次郎が首を捻《ひね》った。

「お前も聞いたのか」

益次郎に尋ねられたお信は、自信無げに首を捻った。

「いや、おれの空耳かもしれねぇ。忘れてくれ」

丹次は、笑って手を横に打ち振った。

「では、わたしどもはこれで」

履物を履いて路地に出た丹次は、帰って行く二人に声を掛けた。

「わざわざ済まなかったね」

益次郎とお信は、立ち止まって丹次に腰を折ると木戸を出て行った。

入れ替わりに入って来たのは、精気をなくしたように足取りの重い春山武左衛門だった。

「今日の油売りはどうでした」

丹次が問いかけても、首を横に振っただけで通り過ぎ、自分の家の戸を開けた。

かぁと、短く鳴いて行く烏《からす》を、丹次は見上げた。

烏の塒《ねぐら》は、上野東叡山《とうえいざん》にあるのかもしれない。

二

日のあるうちに湯屋に行った丹次は、『治作店』に戻るとすぐ、夕餉を摂った。

器を洗い、蚊遣りを焚きつけると、あとは寝るばかりという段になって、夕方、絹問屋『加納屋』の番頭から貰ったお礼の品のことを思い出した。

水屋の陰に置いてあった紙包みを手に、燭台《しょくだい》の傍に腰を下ろすと、燭台の炎がジリッと音を立てた。

油皿の油が少なくなっている。

丹次は、土間の水甕《みずがめ》の隙間に買い置きをしていた菜種油の器を持って板張りに戻ると、油皿に注ぎ足した。

さっきより、炎が大きくなった。

少し明るくなった燭台の傍で、丹次は紙包みを剝がした。

包みの中には、真新しい麻裏《あさうら》草履と、手拭いが三本あった。

手拭いを広げると紺の一色染めで、片隅に『加納屋』の文字がある。

立ち上がった丹次は、草履の片方に足を通した。

鼻緒が足の指に馴染んで、履き心地が良い。

満足して草履を脱ぐと、包んでいた三枚ほどの紙を畳みはじめた。

紙はいつ入用になるかもしれないから、買わなくてもいいように取っておいた方がいいのだ。

長屋暮らしを始めるに当たって、お杉から教わった知恵の一つである。

燃やして炭になったものは、炭壺に取っておくこと。焚きつけに使う粗朶《そだ》は、普段からまめに溜めておけば、いざという時に困らないなどと、お杉から聞いていた。

三枚目の紙を板張りに置いて、皺を伸ばそうとした丹次の手が止まった。

紙には、藍色で刷った花の絵があった。

色味がなく、百合《ゆり》なのか、桔梗《ききょう》なのか、はたまた他の花なのか判然としないのだが、丹次は眼を凝らした。

なにか気になる。

どこかで見たような花の図柄だった。

最近見たのではなく、むしろ、ずっと以前、それも遠い昔のことだったのかもしれない。

その夜は、深く追究することなく燭台の灯を消して、敷いた薄縁《うすべり》にごろりと身を横たえた。


口入れ屋『藤金』から、仕事の口はないと聞かされていた丹次は、翌朝、のんびりと朝餉を摂った。

片づけを済ませると、昨日貰った草履を、ポンと土間に置く。

草履に足を通し、朝日を浴びて静まり返った路地へと出た。

丹次の隣りに住むがまの油売りの春山武左衛門、それに鋳掛屋の与助は、朝の暗いうちから仕事に出掛けた。

その姿を見ていたわけではないが、戸を開け閉めする音が、うとうとしていた丹次の耳に届いていた。

江戸に着いて以来、藁《わら》草履しか履いていなかった丹次は、麻裏草履を履けるというのが、いささか嬉しかった。

藁草履よりも値の張る草履は、いまの丹次には、おいそれと手の出るものではなかった。

『治作店』を出た丹次は、不忍池に足を向けた。

足に草履を馴染ませるために、池の畔《ほとり》をぶらりとひと巡りしようと思い立ったのである。

天神石坂下通に出た丹次は、下谷茅町の方へ道を取った。

不忍池を、右回りに歩くつもりだった。

谷中七福神の一つ、弁財天を祀《まつ》る生池院《しょうちいん》が、池の真ん中で朝日を浴びている。

大下水沿いの根津の方に向かっていた丹次の足が、ふっと止まった。

池の方を向いて道端に腰を下ろし、広げた紙に矢立《やたて》の筆を振るっている老爺や、帽子を被った、俳諧師のような初老の男が筆を執って紙に向かっている姿が、眼に飛び込んで来た。

不忍池の朝の光景を絵に描きとめている人たちだ。

「あ」

丹次の口から、微かに声が洩れた。

十数年も前、庭に咲く花を描いていた、兄、佐市郎の姿が鮮やかに思い出された。

そう、あの時分――腹の中で、丹次は呟いた。

学問をしに本郷の私塾に通いはじめてすぐの頃、佐市郎が絵をたしなみはじめたのを覚えている。

「塾生の中に、絵師を目指す男がいて、その男の輝く眼を見ていたら、おれにも絵心が芽生えたようなんだ」

丹次に向かって、佐市郎は照れたように、そう語った。

その頃だったか、その後だったかはおぼろだが、佐市郎は確かに、家の庭に咲く花を描いていた。

その花の形が、草履と手拭いを包んでいた紙の中の一枚にあった、藍色の花によく似ていたのだ。

菅笠を被った丹次の足が、ついつい速くなっていた。

時の鐘が九つ（正午頃）を打つのを待って、丹次は『治作店』を飛び出した。

芝口にある、絹問屋『加納屋』に行って、藍色の版画について尋ねようと思い立ったのである。

不忍池の散策を打ち切って『治作店』に戻った丹次は、花の刷り絵の紙を摑んで出掛けようとしたのだが、思い止まった。

商家の午前は何かと慌ただしい。

『加納屋』を訪ねるには、忙しさが落ち着く昼過ぎがよいと思い、九つの鐘が鳴るのを待ったのだ。

絹問屋『加納屋』は、日本橋を起点とする東海道を行き、京橋を過ぎ、芝口橋を過ぎた、芝口一丁目西側にあった。

間口六、七間ほどの戸口の外には、庇《ひさし》から路面へ『加納屋』と染め抜かれた長暖簾が下ろされている。

外に立った丹次が暖簾の中を窺うと、客の姿は見受けられなかった。

「湯島切通町の丑松と申しますが」

笠を取って『加納屋』の土間に足を踏み入れた丹次が、そこまで口にした時、

「これは」

帳場に座っていた益次郎が、帳面から顔を上げた。

「よくお出で下さいました」

益次郎は、帳場を立つと、丹次が立っている土間近くに寄って、膝を揃えた。

丹次は、昨日受け取った草履と手拭いを包んでいた、花の絵が刷られた紙のことを聞きたくて訪ねたと、打ち明けた。

一瞬、訝るように首を傾げた益次郎は、

「お掛けになってお待ちを」

そう声を掛けると、奥へと立ち去った。

丹次は、土間の隅の上がり框に腰を掛けた。

この家の主が、花の絵の描き手を知っているとは思えないし、兄、佐市郎の手によるものだという確信もなかったが、いまはどんな小さな手がかりでも欲しかった。

「丑松さん、主のお内儀《ないぎ》がお眼に掛かりたいと申しておりますが、お上がりになりませんか」

戻って来た益次郎が、丹次に伺いを立てた。

「上がってもいいので？」

「坊ちゃんのことで、直にお礼をしたいとも申しておりまして」

益次郎が、上がるのを促すように手を差し出した。

店先の土間に履物を脱いだ丹次は、益次郎の案内で母屋の一室に通された。

庭に面した六畳ほどの座敷だった。

「すぐに参りますので」

そう口にして、益次郎は、庭に面した縁を引き返した。

それから程なくして、お内儀と思しき、二十七、八ほどの女が縁に現れた。

座敷に入り、丹次の向かいに両手を突くと、

「内儀の加江《かえ》と申します」

と、頭を下げ、堀に落ちた倅の佐吉を助けてくれた丹次に、改めて礼を述べた。

「いらっしゃいまし」

お盆を手に入って来たお信は、丹次の前に湯呑を置くと、早々に出て行った。

「番頭の話だと、お届けしたものを包んでいた紙のことだとか」

加江が、そう問いかけた。

「はい」

頷いた丹次は、戴き物の礼を述べると、持参した紙を広げて畳に置いた。

「この花の刷り物を、どうやって手になさったのか、それを伺いに参上した次第でして」

丹次はそう口にした。

「この花が何か」

加江が、不思議そうに首を傾げた。

「いえ、昔、この花に似た絵を描いていた知り合いがいたもんですから、ちょっと気になりまして」

その知り合いが兄だということは伏せて、丹次は、長年会っていなかった知り合いの行方を辿る手がかりを探しているのだと、打ち明けた。

「あぁ」

　と、加江が、得心したように頷いた。そして、

「この紙はたしか、今年の端午の節句に、倅の佐吉が、親戚の者から頂いた金太郎の人形を包んでいた紙の一枚だったと思います」

　と、口にした。

「それじゃ、ご親戚のお方がこれを使って？」

「いいえ。人形を届けて下さったのは、人形屋さんでした」

　人形を包んでいた多くの紙の中から、藍色の花の刷り物を見つけた時、加江も気に入ったのだと打ち明けた。

「それで、なにかの折りに使おうと、取っておいたのです。倅の命を助けて下さったお人へのお礼にはこれがいいと思って、包ませてもらいました」

「さようですか」

「人形を届けてくれたのは、蔵前の『祥雲堂《しょううんどう》』さんですから、紙のことをお知りになりたいなら、そこへ行けば分かるかもしれませんね」

　加江は、少し気落ちしたような丹次に、そう口添えをした。

「ありがとう存じます」

加江に向かって頭を下げた時、縁に人影が立ったのが眼に入った。

縁を見ると、障子の陰からそっと、佐吉が丹次を見ていた。

「佐吉、お前もここに来て、丑松さんに礼をお言いなさい」

加江に声を掛けられた佐吉は、ばたばたと足音を立てて立ち去った。

「人見知りをする子でして」

丹次に軽く頭を下げた加江が、

「あの、番頭によれば、先日、堀に落ちた佐吉が、お父っつぁんと口にして駆け出したと、仰ったそうですが」

訝るような眼を丹次に向けた。

「そんな声を聞いたものですから」

「変ですねぇ。いえ、主人はその日の朝早く、八王子に発《た》ったものですから」

絹問屋『加納屋』の主である加江の亭主は、一年に何度か、八王子の養蚕《ようさん》家を訪ねて、親交を深めたり、絹糸の良し悪しを見たりするのが習わしになっているという。

「ですから、あの日、江戸に居るはずはないのです」

加江は、丹次に微笑んだ。

「当の坊ちゃんは、なんと言っておいでで」

「佐吉は、そんなこと口にした覚えはないと言っておりました」

「そうですか」

丹次はそう呟いた。

昨日、『治作店』を訪ねてきた益次郎に、佐吉がお父っつぁんと叫んで駆け出したと言った後、丹次は、空耳だったかもしれないと口にした。

しかし、今日になってみると、やはり「お父っつぁん」と叫んだ声を聞いたような気がしていた。

そんなことは口にすることなく、丹次は絹問屋『加納屋』を辞した。

芝口からの帰り、丹次は日本橋の竈河岸《へっついがし》へと足を向けた。

住吉町の『八兵衛店』には、『武蔵屋』で長年女中奉公をしていたお杉が、亭主の徳太郎と暮らしている。

お杉の家の戸は開けられていた。

「お杉さん」

戸口に立って声を掛けると、

「お入り下さい」

中からお杉の声がした。

丹次が土間に足を踏み入れると、団扇《うちわ》を煽《あお》いで寝転んでいたお杉が、億劫そうに身体を起こした。

「具合でも悪いのか」

「この蒸し暑さですよ。悪くもなりまさぁね」

そう言うと、上がれとでもいうように、団扇で茣蓙《ござ》を敷いた床を叩いた。

笠を取って土間を上がった丹次は、お杉の前に胡坐《あぐら》をかくとすぐ、折り畳んだ紙を懐から出して、床に広げた。

例の、藍色の花の刷り物である。

「お杉さん、この花に見覚えはないかね」

「桔梗ではないし、百合ですかね」

前屈みになって刷り物に顔を近づけたお杉が言った。

「百合にも見えるが、おれはどうも違うような気がするんだよ」

丹次も少し前屈みになって、そう呟いた。

「これが、なにか」

前屈みになっていた上体を上げて、お杉が丹次を見た。

「昔、兄貴が描いてた花に似てるようでさ」

丹次がそう言うと、お杉がまた、床に置いた花の刷り物の上に身体を屈めた。

「わたしゃ、佐市郎旦那がどんな絵を描いていらしたか、つぶさには見たことがありませんからねぇ」

「だが、描いてたのは知ってるだろう」

「えぇ。季節になれば、庭にしゃがみ込んで、花をね」

前屈みになって刷り物を見ていたお杉の口から、ため息が洩れた。

「おれが家に寄りつかなくなってからも、描いてたのかい」

「はい。眼がだんだん悪くなってからも、こう、花に眼を近づけて描いておいででしたよ。なにせ佐市郎旦那は、お店の仕事を、あの女に取り上げられたようなものでしたからね」

吐き捨てるように口にすると、お杉は屈めていた身体を起こした。

お杉が口にしたあの女とは、兄、佐市郎の女房、お滝のことだろう。

佐市郎の眼が悪くなると、番頭だった粂造を追い出して、実家にいた頃から恋仲だった要三郎をその後釜に据え、お滝は『武蔵屋』を牛耳った。その挙句に、商いを傾かせ、丹次と佐市郎の二親を自死に追い込んで、遂には『武蔵屋』を売り飛ばして姿をくらませているのだった。

「忘れ草」

なんの前触れもなく、丹次の口を衝《つ》いて出た。

「え」

お杉が、きょとんとした顔を丹次に向けた。

「おれが、十三、四の頃、兄貴が、そんな花の名を口にした気がしたんだ」

丹次の記憶によれば、佐市郎が縁に腰掛けて絵を描いている時だった。

「黄色い百合か」

丹次が聞くと、

「似ているが違う」

と、佐市郎が笑って答えた。

「丹次、これは、忘れ草だ」

佐市郎は、そう教えてくれた。

百合の花びらの先はもっと長く尖って、裏の方に反《そ》っているし、花びらの大きさも違うという。茎から伸びる葉の形も違っているとも口にした。

百合の葉は、笹の葉に近いが、忘れ草は、菖蒲《しょうぶ》の葉のように長く細いのだと、佐市郎が細々と説明してくれたことを、鮮やかに思い出していた。

「じゃぁこれはその、忘れ草ですよ」

「うん」

「ということは、この絵は、佐市郎旦那の手で」

「いや。そうとは言えないよ、お杉」

そう口にした丹次だが、内心は、そうかもしれないという思いも捨てきれなかった。

丹次とお杉は、藍色で刷られた忘れ草にじっと眼を遣《や》った。

三

夕日の色もすっかりなくなって、黄昏れた家並みにぽつぽつと明かりが灯りはじめた。

丹次は、いましがたお杉の家を後にしてきた。佐市郎の絵の話に始まって、丹次のいまの暮らしぶりに話が及び、とりとめのない四方山《よもやま》話をしてしまった。

日本橋、本石町の時の鐘が六つ（六時頃）を打ちはじめた頃、

「帰ったぜ」

道具箱を担いだ徳太郎が、戸を開けて土間に足を踏み入れた。

「こりゃ、若旦那」

徳太郎が、頭に巻いた捻《ね》じり鉢巻きを外した。

「それじゃ、おれは失礼するよ」

「丹次さん、夕餉を食べてって下さいよ」

お杉が、腰を上げた丹次に声を掛けた。

「是非、そうして行って下さい」

土間から上がった徳太郎まで、そう口にした。

「いや、おれは、お杉を一人にすると鼠に引かれるんじゃないかと思って、徳太郎さんの帰りを待ってたんだよ」

軽口を叩いて、丹次は腰を上げたのだ。

丹次の分まで夕餉を拵《こしら》えるとなると、お杉夫婦に散財させることになる。

「口入れ屋『藤金』に顔を出さなきゃならない」

と、嘘をついて、丹次は、黄昏れた町を当てもなく歩いていた。

六つを過ぎた頃合いとあって、荷車や、空の盤台《ばんだい》を担いだ棒手振り、家路を急ぐ職人たちの姿が交錯していた。

あそこが近いな――丹次は腹の中で呟いた。

人形町通と杉森新道が交差する四つ辻に差し掛かると、右へと曲がった。そのまま進んで、浜町堀に突き当たると、堀に沿って北へ足を向ける。

ほどなくして、千鳥橋の先にある居酒屋の戸口脇に、『三六屋』と書かれた軒行《のきあん》灯《どん》が灯っているのが見えた。

居酒屋なら、気兼ねなく飯を食えるし、酒も飲める。

丹次が、戸障子を開けて店の土間に足を踏み入れると、煮炊きの匂いと板場の煙が立ち込めていた。

板場から首を伸ばした老板前の久兵衛が、「どうぞ」とでも言うように、板張りを手で指し示した。

酒と肴を注文すると、土間を上がって板張りの隅の方に腰を下ろした。

周りを見ると、出職の帰りの職人が三、四人と担ぎ商いの男が二人ばかり、荷物を脇に置いて、飲み食いをしている。

板場に近い上がり框には、素っ堅気とは見えない男が、両足を土間に下ろして腰掛けていた。

「お待ち」

板前が、徳利と酒の肴を載せたお盆を、丹次の前に置いた。

「急がないが、炒《い》り豆腐と蒟蒻《こんにゃく》の煮たのを頼む」

「へい」

板前は頷いて、立ち上がった。

「あの」と声に出しかけて、丹次は思いとどまった。

女主、お七の姿はなかったが、なにも、殊更《ことさら》尋ねることもない。

手酌で酒を注ぐと、盃を口に運んだ。

辛口の酒が、染み渡った。

ふうと、細い息を吐く。

注文した食べ物が来てからも、丹次の頭からは、藍色の一色刷りの花のことが離れなかった。

佐市郎旦那の手によるものか——そんな風なことを問いかけたお杉の言葉が蘇る。

忘れ草を描く人は兄の佐市郎だけとは限らない。

他に何人でも居るはずだと打ち消しながらも、もしかしたらという思いもふつふつと湧いて来た。

土間へ続いている階段を、二階から男が下りてきた。

四十ほどの、恰幅の良い男の姿を見ると、框に腰掛けていた若い男が弾かれたように立って、階段の下がり口にしゃがみ込んで草履を揃えた。

四十男が草履に足を通したところへ、徳利や盃を載せたお盆を片手に持ったお七が、階段を下りてきた。

四十男が出口に向かうと、若い男が先に立って戸障子を開ける。

四十男は、履物を履いて戸口まで見送りについて行ったお七に声を掛けもせず、振り向くこともなく表へと出た。

若い男が、お七に軽く頭を下げると店を出、表から戸を閉めた。

戸口から板場の方に向かいかけたお七が、「あら」という顔をして、丹次に眼を留めた。

「いらしてたんですか」

わざわざ丹次の傍に上がって来たお七が、膝を突いて笑みを浮かべた。

「この前、両国で声を掛けられたのに、ろくに挨拶も出来なくてすまねぇ」

丹次は、軽く頭を下げた。

『鹿嶋屋』を訪ねた帰り、こちらを付けていた男三人をまいた後、逆に相手を付けようとしたところで、お七に声を掛けられたのだ。

お七のせいだとは言えないが、その日、三人の男たちの行先を突き止めることは出来なかった。

「それでわざわざ、詫びにいらした？」

悪戯《いたずら》っぽい笑みを浮かべて、お七が丹次を覗き込んだ。

「近くの知り合いのところに来た帰りでして」

「帰りというと、お住まいはどちら辺りで」

「えぇ」

丹次が曖昧な返事をすると、お七はそれ以上聞こうとはしなかった。

「まぁ、ゆっくりしてって下さいな」

そう言うと、お七は土間へ下り、今度は階段を二階へと上がりはじめた。

鬢《びん》に掛かったほつれ毛を、指で耳に掛ける仕草に、妙な艶があった。

二階から下りてきた男は、恐らくお七の情夫だろう。

男を招き入れた二階の片づけに、お七は階段を上って行ったに違いない。

料理を大方食べ終わり、徳利の酒を空にした丹次は、お七が二階から下りてくる前に『三六屋』を後にした。


翌朝、丹次は朝日を浴びた尾張町の表通りを足早に南へと向かっていた。

目指しているのは、芝口の絹問屋『加納屋』である。

間もなく六つ半（七時頃）になろうかという時刻だった。

昨夜、元浜町の『三六屋』から『治作店』に戻ると、丹次は大家の富市に呼び止められた。

「夕方、芝口の絹問屋『加納屋』から使いが来て、丑松さんへの言付けを頼まれましてね」

富市がそう口にした。

明朝、店には顔を出すことなく、裏口から母屋に入り、台所の女中に声を掛けてほしいという、お内儀の加江からの言付けだった。

芝口に着いた丹次は、言付け通り、『加納屋』の裏口から母屋に入って菅笠を取り、台所の女中に来意を告げた。

「お内儀さんから伺ってます」

四十を越した古手の女中の先導で、昨日通された座敷に案内された。

「少しお待ちを」

古手の女中はそう口にして去ったが、

「急なことで申し訳ありません」

と、待つほどのこともなく、加江が現れた。

「実は、あなた様にお頼みしたいことがあって、お出で願いました」

向かいに座るなり、加江が、声を抑えてそう口にした。

「店の者には頼みにくく、考えた末に、丑松さんならと思い至りまして」

「お話を伺います」

丹次は、そう返事をした。

事と次第が分からなければ、おいそれとは引き受けられまい。

「今日これから八王子へ発って、お蚕屋《かいこや》に行っている主人に、いつこちらに戻れるか、聞いて来てもらいたいのです」

加江の声は、少し重かった。

旅費の他に、二分（約五万円）を払うとも言った。

丹次に否やはなかったが、今日は、口入れ屋『藤金』の斡旋で、昼過ぎに車曳きの仕事が入っている。

「明日なら請け合えますが」

そう返事をすると、加江は、庭の方を向いた。そして、ほんの一瞬思案すると、

「分かりました。明日でも構いません。お願いします」

加江は、小さく頭を下げた。

「甲州街道を行くに当たって、一つお願いがございます」

「なにか」

加江が、訝るように丹次を見た。

「わたしが、こちら様の用事で八王子に旅をしているという、証文を頂戴出来ればありがたいのですが」

主要な街道を行き来すれば、いつ何時、役人から眼を付けられるか分からない。

身元を証明出来るものがなければ、通行を禁じられたり、番所に留め置かれたりする恐れもある。

この春、八丈島から島抜けした丹次とまでは知られることはないと思うが、用心に越したことはなかった。

「分かりました。書付を認《したた》めまして、今日のうちに湯島切通町の『治作店』へお届けしておきます」

加江は、丹次の申し出を承知してくれた。

八王子の蚕屋の名と場所を書いた紙を加江から受け取ると、丹次は、『加納屋』を辞した。


翌朝、丹次は夜明け前に『治作店』を出た。

昨日のうちに『加納屋』の加江から届けられた書付と、用心のために腹痛の薬と手拭い、下帯を風呂敷に包み、斜めに肩掛けした。

麻裏草履をやめて草鞋《わらじ》履きにし、尻端折《しりはしょ》りの丹次は菅笠を忘れなかった。

日本橋から内藤新宿までは二里（約八キロメートル）余りである。

日本橋より近い湯島切通町からは、半刻（約一時間）ほどで四谷の大木戸を通り過ぎた。

内藤新宿に差し掛かった辺りで、背後に朝日が昇った。

甲州街道の一番目の宿場、内藤新宿の通りは、江戸から出る者や入る者が交錯し、荷駄《にだ》や荷車が砂ぼこりを上げて行き交っていた。

内藤新宿上町の追分で、甲州街道は青梅街道と岐《わか》れている。

丹次はこれまで、内藤新宿に足を延ばしたことは、二度くらいしかない。主に、浅草、深川あたりをうろついていた丹次には、江戸の西端は遠く思えていたのだが、案外近かった。

甲州街道は四谷大木戸が起点だが、江戸城の半蔵門と信州下諏訪を結んでいたということは、越中、越前、飛騨へも通じる大街道である。

街道の賑わいが、内藤新宿を西へ向かってからも続いているのも道理だった。

内藤新宿から八王子までは、十里（約四十キロメートル）余りだと聞いている。

男の足でひたすら歩けば、夕刻には行きつける道のりだった。

行き帰りの途中、どこかで一晩宿を取ることにはなるが、明日には江戸へ戻れる行程である。

丹次は、内藤新宿から一里十三町（約五・四キロメートル）の上高井戸と、府中の茶店で休みを取ったものの、七つ（午後四時頃）を少し過ぎた頃、八王子に着いた。

絹問屋『加納屋』に絹糸を納めているのは、片倉の養蚕家、茂平《もへい》と聞いている。

丹次は、浅川を渡り、八王子宿の手前から南へと道を取った。

土地の者に尋ねると、茂平の家はすぐに分かった。

低い山と山の間に、藁ぶき屋根の大きな二階家があった。

茂平の家は、養蚕から繭《まゆ》作り、繰り糸までを行う大きなお蚕屋だと加江から聞いていた。

前庭に立って声を掛けると、開けっ放しの戸口から年の頃五十ほどの男が出てきた。

「こちらの茂平さんは」

丹次が尋ねると、

「わたしだが」

そう答えた五十男が、丹次を不思議そうに見た。

「こちらに、江戸の絹問屋『加納屋』の主、仙次郎《せんじろう》さんはお出ででしょうか」

丹次が尋ねると、茂平は、えっという顔をした。

「わたしは、仙次郎さんの知り合いなんですが、昨日、芝口の『加納屋』さんを訪ねましたら、八王子の茂平さんのところに行ったと聞いたもので、甲州に用事で行く途中、こちらに立ち寄ってみようかと、こうして」

丹次は、お内儀の加江から言い含められた通り、『加納屋』の使いで来たことを伏せて尋ねた。

「それはなにか変だねぇ」

「というと」

丹次が、訝しげな声を出した。

「『加納屋』の仙次郎さんは、昨日今日、わたしどものところにお出でになってませんよ」

首を傾げた茂平が、

「仙次郎さんが見えるのは、毎年、春先と秋口だけなんですがね」

と、続けた。

そして、うちへの用事ではなく、別用で八王子に来ているかもしれないと真顔で言うと、仙次郎が八王子で定宿にしている旅籠の名を、丹次に教えてくれた。

茂平の家を辞去した丹次は、八王子宿へ足を向けた。

八王子というのは、横山宿、八日市宿、八幡宿、八木宿からなる続き宿だった。

茂平から聞いた旅籠『浅川《あさかわ》』は、続き宿の東端の横山宿にあった。

「片倉のお蚕屋の茂平さんから聞いて来たんだが」

『浅川』の土間に足を踏み入れた丹次がそう口にすると、応対に出た番頭の顔付きが途端に柔らかくなった。一夜の宿を頼むと、快諾を得た。

「つかぬことを尋ねるが」

丹次が、濯《すす》ぎを使いながら、絹問屋『加納屋』の仙次郎が泊まっているかと聞くと、

「『加納屋』さんは、春先に見えたきりですがね」

上がり口で膝を揃えていた番頭が、丹次に笑みを浮かべた。

若い女中の案内で二階への階段を上りながら、丹次は軽くため息をついた。

四

翌朝、丹次は日の出前に旅籠を発った。

半刻（約一時間）ばかりで、真正面に朝日が昇った。

内藤新宿へ向かう旅人は、まともに日を顔に浴びることになる。

四つ（午前十時頃）時分に、布田《ふだ》の五ヶ宿に着いた。

江戸までの道のりの、およそ半分の地点である。

丹次は、街道に面した国領《こくりよう》の茶店の床几《しようぎ》に腰を掛けた。

「お出でなさい」

前掛けをした三十ほどの女が奥から出て来た。

「甘酒をもらおう」

「はぁい」

長閑《のどか》に返事をして、女は奥へ引っ込んだ。

日陰を作る庇の下から、丹次は人馬の行き交いに眼を遣った。

八王子と同じように、上石原、下石原、上布田、下布田、国領の五つの宿で布田宿と呼ばれ、五ヶ宿合わせて九軒の旅籠があった。

布田には、駕籠舁き、品物を運ぶ人や馬、荷車が交代する、継立《つぎたて》も設けられている。

「兄さん、江戸に行くのかね」

丹次の脇に甘酒を満たした湯呑を置きながら、茶店の女が話しかけてきた。

「八王子で用事を済ませて戻るところだよ」

「じゃぁ、江戸のお人だ」

目尻を下げた女が、隣りの床几に腰を掛けた。

「ここにいたら、江戸者なんぞ、珍しくもなんともないんじゃないのか」

一口甘酒を啜《すす》って、丹次は女を見た。

「そうなんだけどね」

女が、うふふと照れ笑いをして、床几に掛けたまま両足を伸ばした。そして、

「ね、ね、江戸に、本所とかいうところは、あるのかい？」

と、声を潜めた。

「あるよ」

「どういうところだろ」

独り言のように口にした女が、ふっと遠くに眼を遣った。

「どうしたんだい」

気になって、丹次が尋ねた。

すると女は、迷ったように小さくうぅんと唸ると、

「この前、日が落ちてから、ここの旦那さんたちに内緒で、旅の人を一晩泊めてやったんだよ」

声を潜めた。

茶店を営む老夫婦は、店を閉めると、三町（約三百三十メートル）ほど離れた家に帰って行くので、夜は、女が一人で茶店に寝泊まりをしているのだという。

ある晩、戸が叩かれるので開けたら、旅の男が立っていて、

「一晩、泊めてもらえないか」

と、頭を下げた。

江戸に帰る旅の男は、日が落ちてから国領に着いたと口にした。

旅籠はどこも一杯で、一人の泊まり客も入れる余地がなかったという。

憐れんだ女は、旅の男を茶店の中に招き入れたのだが、その夜は酒盛りになって、そのまま枕を交わすことになってしまったようだ。

翌朝、男は百文（約二千五百円）を手渡そうとしたが、

「商売女じゃないから」

と、女が断ると、

「いつか江戸に来る折りがあれば、本所に来な」

男は、そう口にして江戸へ向かったという。

「本所に行くつもりなのか」

丹次が声を掛けた。

「ははは、それはないよ」

女は、手を大きく左右に振った。そして、

「わたしは、ここで働かなきゃなんないしさぁ」

女の声には、そのことを嫌がっているような響きはなかった。

「この茶店のおかみさんだと思っていたが」

「うん、違うんだよ。うちの人が身体悪くして、百姓どころじゃなくなったから、家のことはおっ義母《か》さんに頼んで久《く》が山《やま》のむこうの下荻窪村から稼ぎに出てきてるんだ」

女は、あっけらかんと口にした。

丹次はふっと、女が口にした〈久が山〉という地名に首を傾げた。

以前、誰かから聞いた土地の名前だった。

「久が山っていうと」

丹次は女に顔を向けた。

「高井戸の方に行く途中だよ。仙川《せんがわ》の北の方」

女が説明を始めた途中で、

「あ」

と、丹次の口から声が出た。

八丈島で流人として暮らしていた頃知り合った、流人仲間の甚八《じんぱち》の生まれ在所が、久が山だった。

江戸十里四方内で鉄砲を撃った科《とが》で遠島となった猟師である。

十里四方とは、江戸城を中心に半径五里（約二十キロメートル）の地域をいう。

倅の太吉《たきち》が、火薬の詰まった鉄砲の引き金を引いてしまったのだが、甚八は自分が撃ったと申し出て、十年前に八丈島に流されたのだ。

甚八はいつも、武州《ぶしゅう》久が山に残してきた妻子のことを気に掛けていた。

十年前は八つだった太吉、四つだった娘のこと、そして、女房のことを案じていた甚八の姿を、丹次は思い出していた。

「姐さん、ここから久が山には、どういう風に行けばいいのかね」

丹次が声を掛けると、茶店の女は細かに教えてくれた。

甲州街道のからす山から北に行った先に久が山はあるという。

江戸に帰る道すがら立ち寄ることにして、丹次は茶店を後にした。


布田から一里二十三町（約六・五キロメートル）先の上高井戸に着いた丹次は、甲州街道を離れて、北へ向かって細い道へと入って行った。

久が山まで、さほどの道のりはなかった。

「以前、この辺りに猟師の甚八さんの家があったと思うんだが」

丹次は、野良仕事をしていた夫婦者らしい男女に道を尋ねた。

「生憎、甚八さんはいませんがねぇ」

四十を超えたくらいの男は、困ったような顔をして返事をした。

丹次は、十年以上も前に鉄砲撃ちを教わったことがあるのだと口にした。

甚八が島流しになった経緯も知った上で、恩のある甚八の家族がどんな暮らしぶりなのか、様子を見ようとやって来たのだと説明した。

「そりゃ、ご奇特なことで」

男と年の変わらない女が、そう呟いて男と顔を見合わせた。

「女房のおはつさんは、鉄砲撃ちになった倅の太吉さんと、以前の家で暮らしているよ」

そう言って、男が頷いた。

「家はここから少し行ったところだから、連れて行ってもいいが」

男は親切にそう言ってくれたが、丹次は迷った。

甚八の女房と直に会うと、八丈島のことに話が及ぶ恐れがある。

直には会わず、遠くから元気な姿を見るだけにすることにして、男に案内を頼んだ。

「娘さんもいたはずだが」

道々、丹次は尋ねた。

「あぁ。お鶴《つる》ちゃんなら、布田の旅籠の台所女中になってるよ」

男はそう答えた。

「布田の、なんという旅籠だろう」

「ええと、何といったか。布袋《ほてい》屋だよ。うん」

そう口にして、男は一人、合点した。

「おはつさんは、お鶴ちゃんを機織《はたお》りにさせたかったようだが、手間賃を取れるようになるには一年二年の修業をしなけりゃならないし、それで、お鶴ちゃんが言い出して、小銭は小銭だが、すぐに稼げる旅籠奉公に出ることにしたんだよ」

男は感心しているらしく、そう口にした。

「お。ほれ、あれが太吉だよ」

男が指をさした先を見ると、樹木の建ち並ぶ森から、鉄砲を担いだ若者が、腰に数羽の鳥をぶら下げて畑地の道へと姿を現した。

「わたしのことはご内密に」

丹次が低く口にすると、男は頷いた。

「おい、太吉」

「あ、おじさん」

男の声に、太吉が足を止めた。

「おっ母さんは家にいるかい」

男が尋ねると、

「いや、朝から給田《きゅうでん》にある親戚の家の法事に行ってるから、明日まで戻らないよ」

太吉はそう答えた。

「それじゃ、仕方ないか」

そう呟いて眼を向けた男に、丹次は頷きを返した。

「じゃ、明日寄ってみるよ」

「あぁ、そうしておくれ」

太吉は、男にそう返事をすると、この場を去って行った。

土地の男とのやり取りから、太吉はこの土地で好かれていると見受けられた。

しかも、父の後を継いで鉄砲撃ちの猟師になっていることを知ったら、甚八はなんと思うだろうか。

「もう、五年も便りがないよ。忘れられたのかもしれんね」

丹次が島抜けをする前年、甚八が寂し気に口にした様子が眼に浮かんだ。

何かの事情で島の甚八に便りをしなくなったのなら、偽名を使ってでも家族の様子を知らせてやろうと、丹次は決意した。

その為にも、布田の旅籠で奉公する娘のお鶴にも会っておくことにした。

「あら、あんた、久が山からそのまんま、江戸に帰るんじゃなかったのかい」

下荻窪村から奉公に出てきたという三十女が、茶店の前に立った丹次を見て眼を丸くした。

「ちょっと、寄らなきゃならないところがあってね」

丹次はふうと息をついて、床几に腰掛けた。

時刻はすでに、九つ（正午頃）を半刻（約一時間）ばかり過ぎている。

「姐さん、布田の宿に、『布袋屋』って旅籠があるかね」

「あぁ、『布袋屋』なら、ここから少し行ったところだよ」

丹次の脇に湯呑を置いた三十女は、街道の西の方を指さした。

「そこに行くのは後にして、何か食べるものはあるかい」

丹次が尋ねると、握り飯が作れると三十女が返答した。

歩き続けて腹を空かせた丹次は、まず、腹ごしらえをすることにした。

床几に置かれた湯呑を持って、丹次が口に運びかけた時、街道の東の方から怒号が木霊《こだま》した。

街道を行く旅人たちが、その声の方を振り向いたり、立ち止まったりしている。

「なにごとだね」

茶店の奥から握り飯を持って来た三十女が、空の辻駕籠を担いで通りかかった駕籠舁きに声を掛けた。

「この先の飛脚屋に、刃物持った父っつぁんが押しかけたらしいぜ」

駕籠舁きの一人が、呆《あき》れたような口ぶりを残して立ち去った。

「あぁ、あの飛脚屋は因業《いんごう》な金貸しらしいからね」

握り飯を丹次の脇に置いて、三十女は、

「聞いた話だと、半月前にも、どこかの飯盛り女が、飛脚屋に火を付けようとしてお縄になったそうだよ」

と、大げさに、怯《おび》えたような顔をした。

すると、街道の東の方から何人もの旅人や土地の者が、慌ただしく駆けて来た。

着物の裾《はし》を翻し、眼を吊り上げて駆けて来る商人風の男の後ろから、襤褸《ぼろ》のような継《つ》ぎ接ぎだらけの着物を身にまとった、半白髪の貧相な初老の男が、片手に鑿《のみ》を握りしめて追いかけてきている。
半白髪の男の後ろからは、三、四人の人足と、十手《じって》を手にした目明しが追ってい
たが、鬢を用心して、近づくのを躊躇《ためら》っているようだった。
刃物を手にしての修羅場を、何度も潜り抜けたことのある丹次には、白髪の男を
取り押さえられる自信はあった。
だが、ここは自制した。
目立つようなことをして、身元の詮索などされては困ったことになる。
「あぁ！」
弱々しい細い声がして、足を躓《つまず》かせた半白髪の男が、砂煙を立ててばたりと街道
に腹から倒れた。
その手から、鬢が離れ飛んだのを見て、目明しと人足たちがわっと駆け寄って、
半白髪の男の両手両足を押さえ込んだ。
「放してくれぇ。あの金貸しは、高ぇ利子をとったばかりか、畑を取り上げた挙句
に、娘までも売り飛ばしやがったぁ」
口の周りを砂だらけにして、半白髪の男は喚《わめ》いた。

逃げていた三十代半ばくらいの商人風の男は、半白髪の男が捕まったとみるとふんと鼻で笑い、

「どうもお騒がせしまして」

と、野次馬に愛想笑いを振り撒きながら、目明したちに取り押さえられた半白髪の男の傍に戻って来た。

「とにかく、宿役人のところへ」

商人風の男が口にすると、目明したちは半白髪の男を街道の東の方へ引き立てて行った。

五

旅籠『布袋屋』は、三十女のいる茶店から、一町（約百十メートル）ばかり西へ戻った、街道の右側にあった。

田舎の街道にしては、派手な色の提灯が軒に並び、見ようによっては遊女屋と見間違うくらい、けばけばしい造作である。

小ぶりな二軒の旅籠に手を加え、むりやり一軒の旅籠に仕立て上げたらしく、何もかもがぎくしゃくしていた。

『布袋屋』の裏手に回ると、広い庭に大きな柿の木が二本立っており、母屋の軒下に大量の薪が積んである。

戸の開け放された物置小屋の中に、味噌や漬物の樽が幾つも並べられているのが見えた。

動き回る鶏を避けつつ、丹次は台所口に立った。

「ちょっとお尋ねしますが」

中に声を掛けると、立ち働いていた三人の女中のうち、一番年かさの女中が丹次を見た。

「なんだね」

年かさの女中は、胡散《うさん》臭そうな眼をした。

「台所の女中に、久が山から来たお鶴さんはお出でだろうか」

丹次が口を開くと、竈《かまど》の火の番をしていた十五、六の女が、怪訝そうに振り向いた。

た。


「あんたは」

年かさの女中に問われた丹次は、かつて、お鶴の父親に世話になった者だと告げ
「さっき久が山に行ってみたら、当時四つだった娘さんが、こちらに奉公していると聞いて、一目、顔を見ようと思い、立ち寄った次第でして」

丹次が、落ち着いた口ぶりで話をすると、年かさの女中も得心が行ったらしく、

「お鶴」

と、台所を振り向いて、名を口にした。

案の定、竈の前に居た女中が立ち上がって、訝しげに台所から出てきた。

「甚八さんの娘の、お鶴さんかい」

丹次が尋ねると、お鶴が小さく頷いた。

「おれは、丑松って者だよ」

丹次は、年かさの女中が台所仕事に戻るのを見て、お鶴に名乗った。

「実は、おれは、今年ご赦免になって、八丈島から戻って来たんだよ」

そう口にすると、眼を丸くしたお鶴が、両手で口を覆った。

「江戸に戻るおれは、甚八さんから、久が山の女房子供の様子を見て来てくれと頼まれてね。それでこうして」

丹次は、囁くくらいの小さな声で話した。

「お父っつぁんは、生きてたんですか」

お鶴が、かすれた声を出した。

一年もの間、八丈島の甚八からの便りが届かず、

「もう、お父っつぁんは死んだものだと諦めよう」

母親と兄の太吉と語り合ったのが、五年前のことだと、お鶴が打ち明けた。

「何か手違いがあったんだよ」

丹次は口にした。

それは、その場限りの慰めでもなんでもなかった。

八丈島の島役所で、書役の手伝いをしていた丹次は、流人に届く文を役人が回し読みをして、何か障りがある時は、本人に渡さないことがあると知っていた。

また逆に、流人が出す文にも役人は眼を通していたから、家族に届かないということもあったのかもしれない。

そのうえ、流刑の島は江戸から遠く離れた大海にあり、文は年に二度の船で運ばれた。

紛失することもあれば、他の島の荷物に紛れ込むこともあっただろう。

家族からの文が届かなくなった甚八は、忘れられたものと思い込み、それ以降、島から便りをすることを断念していたのかもしれない。

「甚八さんは、島で達者にしておいでだから、いまの暮らしぶりをお父っつぁんに知らせちゃどうだね。いつも、あんたたちのことを気に掛けていたから、きっと喜ぶよ」

「はい」

お鶴が、唇を嚙んで頷いた。

「あぁよかった。おれも来た甲斐があったよ。あ、忘れてた」

そう口にすると、懐から巾着を出して一分（約二万五千円）を摘《つ》まみ、お鶴の掌に握らせた。

「あの」

「これは、おれからじゃないんだ。島を出る時、もし女房子供に会えたら渡してくれと、頼まれてたものだよ。島で働いて、コツコツ貯めてたあんたのお父っつぁんからの、励ましの便りだと思いな」

微笑みを向けた丹次に、眼を潤ませたお鶴が、小さく頷いた。

「いったい、何ごとだね」

甲高い声がして、値の張りそうな御納戸《おなんど》色の小紋に身を包んだ女が、台所の中から胸をそびやかして出てきた。

「あ」

蚊の鳴くような声を発して、お鶴は、出てきた女に頭を下げた。

「あんた、こちらの人をほんとに知ってるのかい」

お鶴に問いかけた女が、すぐに、怪しむような眼を丹次に向けた。

年の頃は、三十を出たか出ないかと思えるが、化粧をした顔の口紅の赤が、やけに毒々しく映った。

「お父っつぁんの、昔のお知り合いでした」

お鶴は、小さな声でそう口にした。

「それならいいんだけどさ、ここんとこ、この宿場に、怪しげな女衒《ぜげん》がうろついて、奉公してる若い女を釣り揚げて行くんで、土地の者は困ってるんですよ」

女は、丹次の足元から頭へと、ゆっくりと眼を動かした。

「もう、用事はお済みで？」

慇懃《いんぎん》な問いかけだったが、女の声音の底には、とっとと立ち去れというような棘《とげ》があった。

「それじゃ、どうも」

丹次は、くるりと身体を回して、庭を出た。

旅籠『布袋屋』を後にすると、街道を東へと向かった。

半町（約五十五メートル）ばかり歩を進めた時、飛脚屋の前に停まっていた二台の大八車が、人足たちの手によって動き出した。

すると、『飛脚　大坂屋《おおさか》』の看板の掛かった戸口から、先刻、鑿を持った半白髪の男に襲われた男が出て来て、

「旦那さんに、よろしく言っておくれ」

大八車の後ろに付いていた、旅装の手代二人に声を掛けた。

手代に声を掛けた男が、飛脚屋の主であり、因業金貸しの張本人だった。

布田で、思いもよらない用事に時を費やした丹次は、先を急いだ。

飛脚屋から動き出した大八車を追い越そうとした時、積み荷を覆っている紺の布が眼に留まった。

白く染め抜かれた丸に釘抜きの家紋を、どこかで見た覚えがある。

大八車を追い越して半町ばかり進んだところで、ふと、足を止めて振り向いた。

薬種問屋『鹿嶋屋』の戸口に下げられた長暖簾に、同じ、丸に釘抜きの家紋があったのを思い出した。

信州や甲州で採れる薬草が、江戸の『鹿嶋屋』に運ばれていくのかもしれない
――そんなことを思いつつ、丹次はまた足を速めた。


江戸は、夜の帳に包まれつつあった。

甲州街道の布田宿から、一度も休みを取ることなく帰りを急ぎ、丹次は六つ半（七時頃）時分に四谷大木戸から江戸に入った。

芝口橋を渡った時分にはすっかり暮れていて、絹問屋『加納屋』の大戸は下りていた。

裏に回って、勝手口から中に入った丹次は、明かりの点いた台所の戸を開けた。

「夜分、恐れ入ります。湯島切通町の丑松ですが、お内儀にお取次ぎを願います」

片付けをしていた二人の台所女中の内、古手の女中が、

「ちょっと待っておくれ」

と、台所の土間を上がって、板張りの奥に去った。

古手の女中は、すぐに戻って来た。

「庭に回ってもらうようにってことだから」

女中は、こっちへと口にすると台所から出て、丹次の先に立った。

母屋の入り口の前を通り、建物に沿って進むと、座敷で灯る行灯の明かりに照らされた庭に出た。

「縁に掛けてお待ちよ」

そう言い残して、女中は台所の方に戻って行った。

それからほどなく、縁に加江が現れた。

「たったいま、戻りまして」

頭を下げた丹次が、

「実は」

と、言いかけると、

「うちの人とは、行き違いになったようね」

加江が、笑みを浮かべて縁に座った。

「うちの人は、八王子から今朝早く戻って来たんですよ。ですから、丑松さんに行ってもらったことは、どうか、ご内聞に」

軽く頭を下げると、懐から紙に包んだものを縁の端に置いた。

「お約束の手間賃です」

「遠慮なく」

丹次は包みを手にして懐に差し込んだ。

「ご来客だって？」

母屋の奥の方から現れた、いかにも商人らしい男が、加江の横に立った。

「昼間お話しした、丑松さんですよ。佐吉を堀から助け上げて下すった」

「あぁ」

小さく頷いた男がその場に膝を揃え、

「佐吉の父親の仙次郎でございます。このたびは、お蔭様を持ちまして、倅が命拾いを致しましたこと、厚く御礼申し上げます」

丹次に対し、手を突いた。

「あの時は、ご近所の方々も手を貸して下さいまして」

そう返答すると、仙次郎はすぐに顔を上げた。

「しかし、仕事で家を空けている間に、大事な跡継ぎが危うい目に遭ったとなると、落ち着いて商いに身が入りませんよ。わたしの留守はちゃんと守ってもらわないとね。お信には、お前からもきつく言っておかないといけませんよ」

「申し訳ありません」

加江が、仙次郎に手を突いた。

お信とは、私塾に通う佐吉の行き帰りに付き添う、『加納屋』の下女の名だった。

「お信を怒るな！　お信は、悪くないんだ！」

座敷の襖の間に立った佐吉が、仙次郎を睨みつけて叫んだ。

「お前が口出しをすることじゃない」

仙次郎が、冷ややかな物言いをした。

唇を噛んだ佐吉が、足音を荒らげて駆け去った。

「それじゃ、わたしはこれで」

辞儀をした丹次に、

「なにかと、お世話になりまして」

加江が深々と両手を突いた。


裏の勝手口を出た丹次は、御堀に面した『加納屋』の表に出た。

御堀に架かる芝口橋を北に渡れば、京橋、日本橋を通って、湯島切通町へと行きつける一本道である。

東海道を左へ曲がろうとした時、駆けて来る足音がした。

振り向くと、少し離れたところで足を止めた佐吉が、はぁはぁと肩で息をしていた。

「なんだ」

丹次が、笑みを浮かべて声を掛けた。

「堀に落ちた日、おいらが駆け出したのは、お父っつぁんを見たからなんだ」

佐吉は、じっと丹次を見て口を開いた。

「堀の船の中に、お父っつぁんがいたから。それで駆け出したら、傍に、若い女の人がいて」

そこまで口にして、佐吉は声を呑み込んで、項垂《うなだ》れた。

佐吉が堀に落ちたあの日、八丁堀に、荷船に交じって、船遊びの屋根船が浮かんでいたのを、丹次は覚えていた。

その屋根船の一つに、女と一緒に居る父親の姿を佐吉は見てしまったようだ。

「佐吉」

丹次が静かに声を掛けると、佐吉は顔を上げた。

「船で見たことは、おっ母さんには、金輪際《こんりんざい》口にしちゃならねぇよ。いいな」

穏やかにそう言うと、佐吉は、丹次の顔をちゃんと見て、大きく頷いた。

「折りがあったら、また会おう」

丹次がそう口にすると、佐吉はこくりと頷いて踵を返した。

佐吉の姿が『加納屋』の裏手の方に消えたのを見届けてから、丹次は芝口橋へと足を向けた。

橋を渡り終えた時、ふっと足を止めて身体を回した。

御堀越しに、『加納屋』の建物が見える。

佐吉の母親、加江は、以前から夫の嘘や女の存在に気付いていたのではないだろうか——丹次の推測は、確信に近かった。

丹次に八王子行きを頼んだのは、夫の裏切りを確かめようとしたからに相違ない。

佐吉が堀に落ちた日、お父っつぁんと叫んで駆け出したという丹次の言葉に、加江の疑念はさらに膨らんだのだ。

だが、八王子から帰って来た丹次に、加江は、仙次郎の消息を聞こうともしなかった。

その心中を窺い知ることは出来ないが、加江は、己の疑念に封をしたのだ。

加江が胸に抱えた疑念が、いつか重くならなければいいが。

そんなことに思いを馳せた丹次は、思わず苦笑を洩らした。

人の心配をしている段か——腹の中で吐き捨てた。

丹次は、吹っ切るように踵を返した。

第四話　絡む糸

一

このところ、夜明け前から蒸すようになっていた。

今朝も寝苦しくなって、丹次は目覚めた。

土間の明かり取りは白んでいたが、日の出前のようだ。

「とうとう梅雨入りですな」

湯島切通町、『治作店』の路地から、住人、鋳掛屋の与助の声がした。

「そうらしいね」

与助に返事をした大家の富市の声もする。

二人のやり取りを耳にした丹次は、やおら身体を起こした。

江戸はとうとう、梅雨時を迎えたらしい。

「丑松さんの家はどこになりましょうな」

そう尋ねる、年の行った男の声がすると、

「この向かいですよ」

丹次の住まいを教える富市の声がした。

日の出前に訪ねて来るような男に、丹次は心当たりがなかった。

土間の履物に片足を置いて、丹次が戸を開けた。

「おぉ」

と、路地で驚いたような声を出したのは、道具箱を担いだ、お杉の亭主、徳太郎だった。

「お入りよ」

丹次が勧めると、徳太郎は土間に立った。

「実は、お杉から言付けを頼まれましてね」

徳太郎が口にしたお杉の伝言は、急ぎはしないが、折りがあれば日本橋、住吉町の住まいを訪ねてくれというものだった。

「他に用があるわけでもねぇし、今日にでも行ってみるよ」

丹次は、そう言って徳太郎に笑いかけた。

「茶でもと言いたいところだが、いま起きたところでね」

「いやぁ、すぐにでも仕事に掛からねぇと、梅雨時は、いつ雨になるかもしれませんからね」

小さく笑った徳太郎は、それじゃと口にして、路地へと出て行った。

道端に座って鋸《のこ》の目立てをする徳太郎の仕事は、雨が天敵である。

丹次が、履物に片足を置いて路地に首を突き出すと、徳太郎の背中が、木戸の先に消えるのが見えた。

その時すっと、『治作店』に薄日が射した。

飯を炊いて朝餉を済ませた丹次は、お杉の住む日本橋、住吉町の『八兵衛店』に足を向けた。

薄い雲の向こうに日輪が上がっている。

日射しこそないが、雨が落ちるような気配はなかった。

「お杉さん、おれだが」

戸口に立って声を掛けると、

「お入り」

と、中からお杉の声が返って来た。

障子戸を開けて、菅笠を取りながら丹次は土間に足を踏み入れた。

「この前頼まれてた、ほら、行方の知れなかった『武蔵屋』の奉公人の名前と行先が分かったんですよ」

お杉が、声を弾ませて土間近くに腰を下ろした。

調べてくれたのは、『武蔵屋』の台所女中だったお美津だという。

「同じ台所女中だったおたえ、下男をしていた弥平さんの住まいを突き止めてくれたんですがね、もう一人、佐市郎旦那の身の回りの世話をしていた小春って下女がいたんですが、その子がいま何処《どこ》にいるかは、分からないようです」

そう言って、お杉が書付を丹次に渡した。

書付には、おたえ、弥平の名と居所が書いてあったが、小春の名のところには、居所がなかった。

「だが、おれがのこのこ出掛けて行くわけにはいかねぇなぁ」

丹次が、苦笑いを浮かべた。

「弥平さんなら、会いに行っても構いませんよ」

お杉が意外なことを口にした。

「実は、うちの人に頼んで、弥平さんに会いに行ってもらったんですよ。島抜けをして、江戸に舞い戻っているってことも正直に打ち明けたら、会うと言ってくれたんですよ」

「おいおい」

丹次は、少しあせった。

『武蔵屋』に弥平という下男がいたことは知っていたが、話をしたことは殆どなく、親しいわけではなかった。

そんな間柄の弥平が、どういうわけで丹次と会う気になったのか、いささか危惧を抱いた。

「うちの人だって間抜けじゃありませんから、弥平さんの気性を見抜いた上で丹次さんのことを口にしたと言ってました」

安堵して、丹次は頷いた。

「弥平さんはいま、本所相生町の二丁目の木戸番をしているそうですから、訪ねるなら、人目の少ない夜の方がいいかもしれません」

お杉は平然とそう口にしたが、丹次には怯えがあった。

奉行所の同心や町の目明しが立ち寄ることも珍しくない木戸番のところに顔を出して、果たして無事に済むのか、丹次の思いは千々に乱れていた。


日が落ちた六つ半（七時頃）頃、丹次は、本所、回向院《えこういん》脇を竪川の方へと向かった。

弥平がいる木戸は、相生町一丁目と二丁目の間にあった。

丹次は、竪川通の角にある天水桶の陰に身を置いて、木戸番所を窺うことにした。

木戸に疑わしい動きや、目明しなどの出入りがあれば、弥平を訪ねることは断念するつもりである。

木戸番は通常、夜の四つ（十時頃）から翌朝六つ（六時頃）まで木戸を閉めて、人の通行の管理をする。また、事件があれば、昼夜にかかわらず木戸を閉めて、犯罪人の逃亡を防ぐ役目も負っていた。

町は、夜間の通行が禁止されているわけではない。

町内の者、産婆、医者はいつでも通れたし、行先のしっかりしている者は通される。

ただ、木戸番屋の近くには自身番を置く町も多く、木戸番と自身番はともに町の治安を維持する役目があった。

丹次は、天水桶の陰から半刻（約一時間）ばかり様子を窺ったが、木戸の周りに妙な気配は見当たらない。

あたりはすっかり暗くなって、二丁目の木戸番に明かりが灯ったが、弥平の姿は一向に見えなかった。

その時、木戸の近くに人影が立った。

中に声を掛けているようだが、内容は聞き取れない。

すると、木戸の窓辺に背中の曲がった痩せた老爺が立って、窓枠に吊るしていた草鞋《わらじ》を一足外して、声を掛けた男に手渡した。

木戸番は、務めの傍ら、番所で商いをすることが許されている。

代金を払って立ち去る男に声を掛けた老爺に明かりが当たり、見覚えのある弥平の顔を浮かび上がらせた。

鋭く尖った顎と眼光の鋭さは、以前と殆ど変わらなかった。

天水桶の陰から出た丹次は、相生町二丁目の木戸番に立った。

駄菓子を並べ替えていた弥平が顔を上げると、丹次は、被っていた笠を少し持ち上げた。

弥平は、黙ったまま、奥へと言うように、番屋の中を眼で指し示した。

履物を脱いだ丹次が番屋に上がると、中は四畳あるかないかというくらいの板張りだった。

「無理を聞いてもらってすまねぇ」

丹次が、向かいに膝を揃えた弥平に頭を下げた。

「初めに言っておきますが、丹次さんと会うことに、わたしゃ躊躇《ためら》いがありました」

弥平は、淡々とした口ぶりで丹次を見た。

「正直に言いますと、会いたくなかったんですよ」

弥平は、そうも口にした。

法度《はっと》破りや凶状持ちなどを役人に知らせるのが、木戸番の務めであり、お上の御用の一端を担っているのだとも説明した。

弥平が恐れていたのは、島抜けをした丹次と会ったことが知れれば、木戸番という堅い仕事を失うということだった。

「会う気になったのは、お杉さんのご亭主の話を聞いたからです」

弥平は、相変わらず淡々と話した。

「島抜けをしたわけが、佐市郎旦那の行方を知るためと、あのお滝、要三郎を探し当てるためだと聞いたからですよ。その一心で、死ぬかもしれない荒海を乗り越えて島抜けをなすったのなら、お役に立とうと思い直しました」

「すまねぇ」

丹次は、両手を膝に置いて、深々と上体を前に倒した。

「番頭の粂造さんは、鬼みてぇなお内儀さんに追い出され、佐市郎旦那は、嫁と番頭の要三郎にないがしろにされて、あんまりと言えばあんまりな仕打ちを受けなすった」

珍しく感情を覗かせると、請け人も居なかった弥平を『武蔵屋』の奉公人として雇い入れてくれた、丹次の亡父清兵衛《せいべえ》と佐市郎と粂造への恩を口にした。

土間に下りた弥平は、湯呑に飲み物を満たして来て、丹次の前に置いた。

「麦湯です」

「遠慮なく、頂くよ」

丹次が口を付けると、

「あの時のことは、忘れられませんよ」

弥平が口にしたのは、『武蔵屋』に突然、人が乗り込んできた朝のことだった。

「今日からは、薬種問屋『鹿嶋屋』のものだ」

と怒鳴って、住み込みの奉公人たちを追い出したのは、堅気の者とは思えない連中だったという。

地回りか博徒、あるいは香具師の類だと弥平は見ていた。

大店では、世間に知られたくない不始末を起こした時など、裏の世界で生きる連中に頼んで、密かに収めてもらうことがある。

日本橋の大店の息子だった丹次の幼馴染が、人妻を手籠《てご》めにして悶着を起こした時、地回りの力を借りて騒ぎを収めたことも丹次は知っていた。

「丹次さん、わたしゃ見ての通り年だ。そのうえ、木戸番という務めもあって、気ままに動くことは出来ません。その代わりに、若い者をよこしますから、手足にしてお使い下さい」

弥平が、そう切り出した。

若い者というのは、『武蔵屋』で小僧をしていた亥之吉だという。

その名は、江戸に戻って来た直後、お杉の口から聞いていた。

『武蔵屋』が売られた後は、口入れ屋から仕事を貰って食い繋いでいるとも聞いていたが、佐市郎の行方については知らないということで、丹次は会わずじまいだった。

「亥之吉はいま、神田佐久間町の目明しの下《した》っ引《ぴ》きをしております」

弥平の一言に、丹次は大いに戸惑った。

亥之吉が『武蔵屋』で奉公しはじめた六年前には、丹次は既に家を出ていて、寄り付きもしなかったから、お互い顔は知らないはずだと、弥平が言った。

「それはそうだが」

丹次は迷った。

「亥之吉には、丹次さんとは言わずに、『武蔵屋』で小僧をしていた丑松だと言ってあります。昔の恩を返そうと、佐市郎旦那の行方と、旦那を裏切ったお滝と要三郎を捜していると話しましたら、喜んで手伝うと言ってくれました。それでもお迷いなら、無理にとは言いますまい」

「いいえ。亥之吉さんにお願いしたいと思います」

丹次は、頭を下げた。

兄の佐市郎の行方捜しを喜んで手伝うと言った亥之吉の心情に縋《すが》ることにした。

その末に、素性を知った亥之吉ら目明しに捕まったら、それが己の定めだと思えばいいのだ。

「ただ、亥之吉は人に使われる身ですから、空いた時にしか動けないということを承知して下さい」

「分かった」

丹次は、頷いた。

「近いうち、湯島切通町の『治作店』を訪ねさせることにします」

そう口にすると、弥平が腰を上げた。

丹次も立とうとすると、

「木戸を閉めるまで、ここでお待ちを」

「もう、四つ(午後十時頃)になるのかい」

「へぇ」

板壁に下がっていた拍子木を取って首に掛けると、弥平は表に出た。拍子木の音がして、

「四つでござぁい、四つでございまぁす」

弥平の声が近隣に響き渡った。

その後、木の軋《きし》む音がして、木戸の閉まる音がした。

「出て来なっせ」

外から、弥平の声がする。

丹次は、土間の履物に足を通すと、表へと出た。

「最後に一言言わせてもらいますが」

そう前置きをして、弥平がぼそぼそと口を開いた。

「お杉さんや死んだ粂造さんは、幼い時分から知っている丹次さんには何も言わないだろうが、丹次さんさえしっかりしていてくれたら、『武蔵屋』がこんなことになることはなかったって、腹の中じゃ、恨みの一つもお前さんにぶつけたかったと思いますよ」

弥平の静かな物言いが、かえって丹次の胸を刺した。

小さく、うんうんと、頷くしかなかった。

「お行きなさい。次の木戸は、通れるようにしますんで」

弥平が、人一人が通れるほどの潜り戸を開けた。

通り抜けた丹次は、弥平に、小さく頭を下げて、一丁目の方へと歩き出した。

背後から、弥平の打つ拍子木が鳴り響く。

怪しい者ではないので木戸を通しても良いと、次の木戸番に向けて知らせる木戸送りの拍子木だった。

十四、五間（約二十五～二十七メートル）ほど歩いた丹次が振り向くと、木戸の向こうに、番屋の明かりを受けて影になった、弥平の姿があった。

二

湯島切通町の『治作店』は、日暮れを迎えようとしていた。

丹次は、久しぶりに重くなった足を引きずって木戸を潜った。

口入れ屋『藤金』から請け負った今日の仕事は、神田の材木問屋から材木を荷車に積んで、三河島の普請場に届けるというものだった。

それを、二往復した。

「大家さん、わたしを訪ねて誰か来ませんでしたかね」

丹次は、富市の家の戸を開けて、声を掛けた。

長火鉢の猫板に夕餉の器を並べたまま、茶を啜っていた富市が、

「一日中居ましたが、そういうお人は来なかったよ」

と、口にした。

「丑松さんが待っているのは、へへ、もしかして、お若い娘さんかなにかですかな」

「とんでもない。昔の、ちょっとした知り合いが来ることになってまして」

そう返事をすると、

「それじゃどうも」

丹次は路地を挟んで向かい側にある自分の家に入った。

土間を上がると、帰る途中で買い求めた稲荷寿司の包みを床に置いて、燭台に火を点けた。

ふうと息をついて、丹次は胡坐をかいた。

待っているのは、亥之吉である。

本所相生町の木戸番、弥平を訪ねてから、三日が経っていた。

昨日今日と、続けて仕事の口が掛かって家を空けていた。

その間に訪ねて来たのではないかと気が気ではなかったが、亥之吉が現れた様子はない。

「さてと」

声を出して、丹次は立ち上がった。

夕餉の稲荷寿司を食べる前に、昼間の汗を井戸水で洗い流そうと思い立ったのだ。

土間の下駄に足を通すと、天井から竈の上に下げてある竹の物干しから、手拭いを取った。

戸を開けた時、木戸の方から来た人影が、眼の前の路地で立ち止まった。

「ここに、丑松さんというお人は」

「亥之吉さんで？」

相手の言葉を遮るようにして、丹次が問いかけた。

「亥之吉ですが、それじゃ、あなたが」

「丑松です。とにかく、中に」

水浴びどころではなく、丹次は亥之吉を招じ入れた。

「もう少し早く伺いたかったんですが、野暮用がありまして、今日になってしまいました」

膝を突き合わせるなり、亥之吉が頭を下げた。

「いや、こちらこそ、そちらの仕事の合間に割り込むようなことをお願いすることになって」

丹次も膝に両手を置いて、頭を下げた。

「『武蔵屋』の奉公人としては、丑松さんが先達ですから、おれに気は遣わないでもらいてぇ。佐市郎旦那を捜し出すという志が嬉しいから、なんでも言いつけておくんなさい」

亥之吉の、竹を割ったような物言いの一つ一つが、丹次の胸に沁みた。

丹次より、五つ六つ年下のようだが、大人びて見えた。

「それで、あっしは、なにから手をつけましょうか」

亥之吉の問いかけに、丹次は現況を説明した。

これまで、『武蔵屋』の元奉公人の何人かには、お杉が会いに行って直に聞いてくれたのだが、佐市郎はじめ、お滝、要三郎の行方には誰も心当たりがなかった。

お滝は佐市郎の女房だが、ともに居るとは思えないと、丹次は断言した。

お滝は、要三郎とともに姿をくらませているに違いなかった。

「亥之吉さんには、台所女中だったおたえさんやお美津さんに会って、『武蔵屋』が人手に渡った時分の様子を聞いてもらいたいし、佐市郎旦那の身の回りの世話をしていた、奥向きの女中、小春さんの行方を探ってもらえるとありがたい」

「分かりました」

きっぱりと頷いた亥之吉は、

「奉公人だったわたしらには分からないことですが、佐市郎旦那には、親しい友達やお知り合いもおありになったはずだし、『武蔵屋』の縁者、親類にも当たって回るのも手ですがねぇ」

そうも口にした。

世間のもめ事や事件に食らいつく目明しのもとで働いているせいか、探索の筋道を心得ていた。

丹次は、佐市郎の知り合いの一人を思い出した。

「北町奉行所に、たしか、柏木《かしわぎ》という同心がお出でだろうか」

丹次は、お杉から聞いた、北町奉行所の同心の名を口にした。

「柏木八《はち》右衛《え》門《もん》様なら、何度も顔を合わせたことがありますが」

「お杉さんが言うには、佐市郎旦那と学問所で机を並べた間柄だそうだ」

丹次がそう口にすると、

「折りがあったら、柏木様に伺ってみましょう」

小さく頷いて、亥之吉はきっぱりと請け合った。

なっていた。

　丹次は、佐市郎の友人知人を知らないか、明日にでもお杉を訪ねて聞くつもりに
　丹次は、下谷長者町に帰るという亥之吉を見送りに、すっかり暗くなった路地へと出た。

　下谷から、神田佐久間町の目明しのもとへ通っているのだという。

「なにか知れたら、伺います」

　そう口にして、亥之吉は木戸を潜って、表通りの方へ足早に消えた。

「あ、これは丑松殿」

　入れ替わりに木戸を潜って来た春山武左衛門が、声を弾ませた。

　しかも、顔には笑みを湛《たた》えている。

「ご機嫌ですね」

　丹次は、恐る恐る声を掛けた。

　辛さや苦しみが溜まり過ぎると、笑うしかなくなるということもある。

「それもこれも、丑松殿のお蔭でござる」

がまの油売りの幟を取り付けた竹竿を持ったまま、武左衛門が頭を下げた。

「丑松殿の御指南通り、わが生国の訛りを恐れることなく口上を述べ続けておりましたら、なんと、このところお客が集まるようになり、薬も大いに売れるようになったのでござる」

「ほほう」

「それで今日、亀戸の香具師の親方にも大いに褒められたのだよ」

武左衛門の顔に笑みが零れた。

「そりゃ、何よりでした」

丹次の口から、安堵の声が出た。

お国の訛りのまま口上をと勧めたのには、がまの油が売れる成算も根拠もなかった。丹次の勧めたことは、半ば博打のようなもので、武左衛門の悩みをさらに重くする恐れもあった。

それが、いい方に目が出て、丹次は心からほっとしていた。

「それで、帰りにいつぞやの居酒屋に立ち寄って、飯と、祝いの酒を一人で——。あ、いやいや、丑松殿には、お礼の一献を差し上げたく、日を改めてお誘いするつもりですので、その節はよしなに」

丹次の家の前で立ち止まった武左衛門は、深々と腰を曲げた。

「それじゃ、おやすみなさい」

丹次がそう口にして、戸口に手を掛けると、

「果たして今夜、眠れるかどうか」

満面の笑みを浮かべた武左衛門は、丹次の隣りの家の中に、いそいそと消えた。

その夜半、壁を通して武左衛門の鼾《いびき》が響き、丹次は何度か目を覚ました。


夜明け前から雨が降り出していた。

いつもなら、日の出前には仕事に出掛ける鋳掛屋の与助も武左衛門も出掛けた様子はない。

昨夜の残り物で朝餉を済ませた丹次は、ごろりと横になって、雨の降る路地を鬱々《うつうつ》として眺めていた。

いつもなら朝日に輝く五つ（八時頃）時分だが、家の中も日暮れたように暗かった。

下っ引きの亥之吉が丹次を訪ねて来てから、三日が経っている。

亥之吉と会った翌日、丹次は日本橋、竈河岸《へっついがし》に住むお杉を訪ねて、佐市郎の親しい友人に心当たりはないかと尋ねた。

以前聞いていた、同心の柏木八右衛門以外に心当たりがないか、知りたかったのだ。

お杉の口からは、丹次も知っている、室町界隈の商家の倅たち三人の名と、新たに、大原梅月《おおはらばいげつ》という絵師の名が出た。

だが、親戚にも、佐市郎の三人の幼馴染にも、ましてや同心の柏木にも、直に会いに行けないもどかしさに、丹次は鬱々としていた。

いまのところ、佐市郎のことを柏木に尋ねると口にした亥之吉の知らせを待つしかなかった。

「だぁがお立合い、お抛《ほう》り銭《せん》と投げ銭はおよしなさい。大道に未熟な渡世《とせい》はいたしても、憚《はばか》りながら天下の浪人、いまのお人のように抛り銭や投げ銭は貰わずに、なにを生業とするやというに、多年生業というは、蟇蟬噪《しきせんそう》四六の蝦蟇《がま》の膏《あぶら》だ」

壁の向こうから、訛りを恐れぬ春山武左衛門の、堂々たる口上が轟《とどろ》いた。

「ん？」

思わず声を発した丹次は、むくりと起き上がった。

直に会いに行けないところを、武左衛門に訪ねてもらうことは出来ないか――丹次はふと、そんな思いに囚われた。

武左衛門は大道に立たなければならない商売を、雨のせいで休んでいる。

腰を上げた丹次は、土間の草履を履くと、傘を差さずに路地に飛び出して、隣家の戸を開けた。

「春山さんに頼みがあります」

武左衛門の家の土間に飛び込むと、いきなり口を開いた。

「わたしには、恩人がおります。日本橋室町で乾物問屋の主だった佐市郎というお人ですが、二年ほど前、お店を売った後、杳《よう》としてその行方が知れなくなったのです。それで、親戚やら友人知人の方々を訪ねて、佐市郎さんの行先に心当たりがないか、聞いていただけないかというお願いなんでございます。わたしが直に訪ねて回ればいいのでしょうが、以前、わたしは不始末をしでかしまして、ご近所様、ならびに親戚の方々には顔向け出来ない身でございます。それでこうして、仕事を休まれた春山さんに縋るしかないと思いまして」

一気に言い募って、丹次は土間で腰を折った。

「仔細はよく分かり申した。がまの油売りのことでは、丑松殿に恩を感じている身ゆえ、そのお気持ちはよく分かる。お引き受け致そう」

その言葉が、ちくりと丹次の胸を刺した。

武左衛門のそんな思いをいいことに、無理な頼みをしているのではないのかと、丹次は己を恥じた。

だが、佐市郎捜しのためには背に腹は代えられない。

「どうか、よろしくお願いします」

丹次は、さらに頭を下げた。

そして、佐市郎の幼馴染三人の住まいと名、それに、神田界隈、赤坂にいる『武蔵屋』の親戚の住まいと名を書付にして、武左衛門に手渡した。

「これは、昼餉の足しに」

丹次が一朱（約六千五百円）を握らせようとすると、

「それは困る」

武左衛門は頑として受け取るのを拒んだ。

「丑松殿、それがしが引き受けたのは、恩義に関わることだからですぞ。金ずくの頼みなら、断る」

「申し訳ありません。これは引っ込めますから」

一朱を自分の袂に落とした丹次は、また深々と腰を折った。

「それでは、早速出掛けることに致す」

土間の下駄に足を通した武左衛門は、板壁に下がっていた傘を取ると路地に出た。

所々破れた傘を開いて、武左衛門は木戸へと向かった。

「一つよろしくお願い申し上げます」

丹次の声に応えるように、武左衛門は傘をひょいと上げて、表通りへと歩き去った。

武左衛門を送り出した丹次は、自分の家に戻ると、土間の框に腰を掛けた。

おれは何もしなくていいのか――ふと、そんな思いが湧き上がる。

絵師の大原梅月にならば、丹次でも会いに行けるのではないか。

佐市郎に絵心を芽生えさせたという学友がいたことは知っていたが、その人物が大原梅月かどうかは、分からない。

その学友とも大原梅月とも、丹次はこれまで顔を合わせたことはなかった。

お杉の話によれば、大原梅月は、根岸の金杉村で、庵《いおり》のような家に住んでいるという。

丹次は思い立って、急ぎ、こざっぱりとした着物に着替えた。

巾着の中身を確かめて懐にねじ込むと、土間の下駄に足を通す。

その時、路地の方から、傘を打つ雨音が聞こえた。

「丑松さん、亥之吉ですが」

戸障子の外から声がした。

丹次が戸を開けると、眼の前に亥之吉が立っていた。

「お出掛けで」

「何も、今日じゃなきゃならねぇことじゃないんだ」

丹次は亥之吉に、そう返答した。

「そりゃ何よりです」

亥之吉が、ほっとしたように呟くと、

「実は今日、『武蔵屋』の台所女中をしていたおたえさんと会うことになったんですよ」

と、付け加えた。

おたえは、奉公している新寺町の仏具屋の娘に付いて、茅町にある踊りの師匠の家に行くのだという。

師匠の家に娘を送り届けたら、四つ（午前十時頃）から一刻（約二時間）は、身体が空くということだった。

「おれが話を聞いて伝えるより、茅町なら、ここからも近いし、丑松さんにも来てもらった方が、二度手間にならなくていいんじゃないかと思いまして」

亥之吉は、気が利いていた。

丹次は、一も二もなく受け入れた。

三

丹次と亥之吉が前後して茶店に入ったのは、上野東叡山の時の鐘が、四つを打つ前だった。

早めに来て、おたえを待つことにしたのだ。

土間の床几に腰掛けて、丹次は甘酒を、亥之吉は茶をそれぞれ注文した。

「知らない男がいたらおたえの口が重くなるだろうから、おれはこっちに」

そう口にすると、丹次は近くの床几に場所を変えた。

池之端仲町の池の畔に建つ茶店の土間から、池に浮かぶ弁天堂が望めた。

不忍池の水面に細かい雨が降っている。

雨勢は、ひと頃よりは衰えたようだ。

四つの鐘が鳴り終わって暫《しばら》くすると、店の表に突き出した藤棚の下に若い女が駆け込んできて、蛇の目傘を閉じた。

「来ました」

亥之吉は丹次に囁くと、その場で腰を上げて、入って来る女を迎えた。

「おたえさん、まぁ、お掛けよ」

促されたおたえは、亥之吉の横に腰掛けた。

丹次は、二人の方に背を向ける形で腰掛けていた。

『武蔵屋』で奉公をしていた頃のおたえを、丹次は見た覚えがない。

家に殆ど寄り付きもしなかったから、おたえに顔を見られていた気遣いもなかったが、用心に越したことはなかった。

「もう一遍尋ねるが、おたえさんは、佐市郎旦那の行先に心当たりはないんだね」

亥之吉は、おたえの為に団子と茶を注文するとすぐ、本題に入った。

「はい、そうなんです。あの時分、台所で一緒に働いていたお美津さんも、佐市郎旦那さんの行先は知らないようでした。母屋の方の女中だった小春さんなら、もしかすると知っていると思うんだけど」

「おたえさんは、小春さんの行先は」

亥之吉に聞かれたおたえが、首を小さく傾《かし》げたのが、丹次の眼の端に見えた。

「あの朝、『武蔵屋』に住み込んでいたあたしたちは、押しかけて来た人たちに追い出されてしまいましたからね。みんなあたふたして、散り散りになって、佐市郎旦那さんと小春さんの消息は、それ以来、知りません」

おたえの口ぶりは、消え入るように細くなった。

おたえに茶と団子が運ばれて来た。

「食べな」

「はい」

　亥之吉に促されたおたえは、団子を口に入れた。

「あたしは台所女中だったから、母屋の方の小春さんとはあんまり話すことはなかったんだけど、たまに顔を合わせると、気さくに話をしてくれる人でね。奥向きの女中の中には、台所女中を下に見る人が多いんだけど、小春さんは、違った。優しかった」

　嚥んだ団子を飲み込むと、おたえは一気に話した。

　小春は、佐市郎の眼が不自由になりかかってから雇われた女中だということも、おたえは言った。

　お内儀のお滝は、佐市郎の面倒を小春に押し付けたのだと口にしたおたえの声に、怒りが滲んでいた。

「『武蔵屋』がなくなるまで一年間、世話をしていたから、旦那さんの行方を知ってるとすれば、小春さんくらいだと思いますけど」

　そう口にしたものの、言い切る自信はなさそうで、おたえは小さく首を捻った。

「小春さんは、どういう伝手《つて》で『武蔵屋』に奉公することになったか、誰かから聞いてないかね」

亥之吉が問いかけた。

それは、丹次も聞いておきたかったことだった。

「たしか、日本橋本石町のきろく屋だかきのした屋だかいう、口入れ屋から来たようなことを、井戸端で洗い物しながら聞いたような気がします」

おたえの言葉を、丹次はしっかりと頭に刻み込んだ。

「あと、聞くことはなかったかな」

独り言のように声を出した亥之吉が、そっと丹次を窺った。

丹次は、さりげなく、首を小さく横に振った。

「おたえさん、今日はわざわざ済まなかったね」

亥之吉が声を掛けると、

「いいえ」

おたえは腰を上げ、土間の外に出た。

「雨、あがってますよ」

藤棚越しに空を見上げたおたえは、開きかけた傘を閉じた。

「あがったね」

亥之吉も土間を出て、掌を空に向けた。

「何か思い出すようなことがあったら、竈河岸のお杉さんにでも話しておきますね」

そう口にすると、亥之吉に小さく辞儀をして、おたえは池の畔の道を茅町の方へと歩き去った。

茶店の婆さんに茶代を手渡した丹次は、藤棚の下に出た。

「いろいろ助かったよ」

店の中に置いてあった傘を亥之吉に手渡しながら、丹次は礼を述べた。

「亥之吉さんはこれから、どうしなさるね」

「神田の親分のところへめぇります」

「それじゃ、途中まで」

丹次は、手にしていた菅笠を被った。

「丑松さんは、これからどこへ」

「小春さんを『武蔵屋』に斡旋した口入れ屋に行ってみようかと」

「なるほど」

得心した亥之吉と並んで、丹次は池の畔の道を左に曲がって、南へと足を向けた。

神田佐久間町に行くという亥之吉と、火除《ひよけ》広道で別れた丹次は、神田川に架かる筋違《すじかい》橋を渡って、須田町の通りを日本橋の方へと向かった。

日本橋本石町は、時の鐘の近くにある町である。

細かい町名を聞いていなかった丹次は、御堀に近い本石町一丁目から四丁目へと歩くことにした。

道々、近隣のお店者に尋ねれば、教えてくれるだろう。

「きろくか、きよしかはっきりしないが、そんな風な口入れ屋がこの辺りにありませんかね」

丹次は、二人ばかりに尋ねたが、いずれも知らないと口にした。

「あ、それなら、『喜熨斗屋《きのしや》』だよ」

三番目に尋ねた棒手振りが、店の名前を教えてくれた。

「『喜熨斗屋』はね、この通りが大横丁と交わる四つ辻の手前の右っ方っ」

「すまねぇ」

丹次が礼を口にした時、棒手振りは既に背中を見せて駆け出していた。

口入れ屋『喜熨斗屋』は、四丁目にあった。

胸のあたりまで下がっていた暖簾を割って、丹次は笠を取って土間に足を踏み入れた。

「お出でなさい」

三畳ほどの広さがある土間の向こうの板張りに、帳場格子で囲った机に着いていた眼鏡の老爺が、ぼそりと声を発した。

「実は、尋ねたいことがあって伺ったんですが、こちらのご主人でしょうか」

「庄兵衛《しょうべえ》と申しますが、お尋ねとはいったい、どのような」

「人捜しなんですがね」

帳場近くに立って、丹次はそう切り出した。

日本橋、室町の乾物問屋『武蔵屋』に女中として口を利いた女のことについて知りたいのだと、打ち明けた。

「『武蔵屋』さんは、とっくになくなってるがね」

そう口にした庄兵衛に、丹次が、

「それは知っております。『武蔵屋』さんがなくなる一年前くらいに、小春という女を斡旋なすったと聞いたもので」

丁寧に言い添えた。

「というと、文政元年か二年くらいのところですかな」

独り言のように呟きながら立ち上がった庄兵衛は、帳場格子近くの戸棚の戸を開けた。

戸棚の中には三段ほどの書棚があり、かなりの数の帳面が積まれている。

何冊かの表紙を確かめていた庄兵衛が、

「文政元年から、三年、これだな」

二冊の帳面を手にして、帳場の机の前に座った。

「ま、お掛けなさい」

「ありがとう存じます」

丹次は、帳場近くの上がり框に腰掛けた。

「文政元年、十一月二十日、『武蔵屋』へ小春、とありますな。つまり、この日から『武蔵屋』さんに奉公を始めたということですよ」

帳面を見ていた庄兵衛が、ふっと顔を上げた。

「小春、小春」

小さく呟いた庄兵衛が、帳面を数枚めくった。

「あぁ、やっぱり、あの娘だ。『武蔵屋』さんが人手に渡った翌年の文政三年、二月に、この小春を、亀戸の料理屋の『天満屋《てんま》』に世話してますよ」

丹次の前に帳面を差し出して、庄兵衛が指をさした。

「『武蔵屋』が人手に渡ったのが、文政二年の師走だったから、仕事を失ってふた月経ってから働き口を探しに来たということになりますね」

帳面に眼を留めたまま、丹次が口にした。

「この娘さんのことは、覚えてますよ。うん。利発な娘でしたよ。娘といっても、あの当時、二十三、四でしたが、読み書きも出来てね。『武蔵屋』さんからお使いを頼まれてどこそこへ行った帰りだなんて、饅頭《まんじゆう》や煎餅《せんべい》をくれたもんですよ」

庄兵衛は、懐かしそうに遠くを見た。

「小春さんは、いまでも亀戸の『天満屋』で奉公してるんでしょうか」

「さぁ。この後のことは、わたしは知りませんなぁ」

そう口にした庄兵衛は、ゆっくりと帳面を閉じた。

「いろいろと助かりました」

そう礼を言って、丹次は『喜熨斗屋』を後にした。

表通りには薄日が射して、人馬の往来が多くなっていた。

『喜熨斗屋』に、いろいろと助かったと礼を言ったのは、正直な気持ちだった。

いままでおぼろげだった、小春という女中の輪郭がくっきりとしたのは、思いもよらない収穫だった。

丹次は、湯島切通町の『治作店』へと足を向けた。

家に戻って、武左衛門の帰りを待つつもりである。

湯島切通町は夕暮れを迎えていた。

上野東叡山の時の鐘が、六つ（午後六時頃）を打ち終わった頃、

「いま、戻りました」

武左衛門が、丹次の家の戸を開けた。

「こりゃ、お帰んなさい」

丹次は、土間で火を熾《おこ》した七輪に、水を入れた鉄瓶を掛けたところだった。

武左衛門は、顔の汗を手拭いで拭くと、ふうと肩で息をした。

「春山さん、まずは、湯屋へ行って、汗を流してからのことにしませんか」

丹次はそう持ちかけた。

「それがしは、構わぬが」

「わたしは、春山さんが湯屋を出る時分に、切通の先の、いつかの居酒屋で待つことにします」

その居酒屋で飲み食いしながら話を聞きたいと切り出すと、

「それはいい」

と、武左衛門が大いに乗った。

天神石坂下通に面した居酒屋の中は、七分の客の入りだった。

戸が開け放されていて、すっかり暗くなった表の通りが見える。

店の奥の戸も開けられているらしく、通りから流れ込んだ風が、煮炊きの匂いと煙を押し流した。

丹次と武左衛門は、少し前に運ばれて来た酒と料理の皿を前に、飲み食いを始めたばかりだった。

「丑松殿から聞いていた『武蔵屋』の親戚、佐市郎というお人の幼馴染のところには行ってきましたよ」

盃を二杯ほど口に運んだ後、武左衛門が口を開いた。

「丑松殿と申し合わせた通り、佐市郎さんに昔世話になったという人がいるのだが、病に倒れて動けないので、同じ長屋のそれがしが、代わりに尋ね回っているのだと言っておきました」

武左衛門は、淡々と口にした。

武左衛門が尋ね回ったのは、父清兵衛の実弟で、佐市郎、丹次兄弟にとっては叔父である味噌屋の主、従兄《いとこ》の馬具屋の主、母とめの実家である足袋屋だった。『武蔵屋』が人手に渡った後、行き場を失った佐市郎から、家に置いてくれないかという打診があったことを、三家の主が白状したという。

頼みに来たのは佐市郎本人ではなく、『武蔵屋』に奉公していたという女だった。

頼みを断った理由は様々で、面倒を見切れないというのもあれば、佐市郎の弟のことで二の足を踏んでいる家もあった。

「親戚の誰かから聞きましたが、佐市郎という人には弟がいたようなのだが、これがどうも親の勘当を受けるような始末に負えない弟で、何年か前には、島流しに遭ったらしいのだ」

武左衛門が口にした、始末に負えない弟とは、丹次のことだった。

「親戚の一人は、佐市郎さんを引き取ることは仕方ないが、万一、弟が島から帰って来た時のことを気にしておりましたな。弟の面倒を見なきゃいけなくなることを非常に恐れておりました。島帰りの罪人がいるとなると、外聞が悪いともはっきり口にしていましたぞ」

武左衛門の口を通して聞く親戚の者たちの声が、丹次の胸にチクリチクリと突き刺さった。

自分の不行跡《ふぎょうせき》が、周りを苦しめていたという事実を突きつけられた。

続いて武左衛門が、佐市郎の幼馴染だった三人の男たちの話を口にした。

そのうちの一人、瀬戸物屋の三男、清太郎《せいたろう》は養子となって室町を離れ、下谷の料理屋の主人に納まっていた。荒物屋の藤吉《とうきち》も養子となって、本所の馬具屋の主人になっていたという。

「そこにも、『武蔵屋』の元奉公人だという女が訪ねて来たそうです。料理屋も馬具屋も、心ならずも断ったと言っておったが、あれは嘘ですな。財を失った佐市郎さんには関わりたくないというのが本当のところでしょう。口ぶりで分かりましたよ」

その時のことを思い出したのか、武左衛門は腹立たし気な顔をした。

ただ一人、実家を継いだ呉服屋の倅、信助《しんすけ》のところにも、『武蔵屋』の元奉公人の女が訪ねて来ていた。

「信助さんは、訪ねて来たその女に会って、自分の口で断ったそうです。そうしたらその女、どいつもこいつも薄情な連中ばかりじゃないか、そう吐き捨てて帰って行ったと、ため息をついておられた。どうも、その時分、信助さんの母親が病床に就いており、その上三人目の子が出来たばかりで、佐市郎さんを引き取る余裕がなかったのだと、いまになっても悔やまれると言っておいででした」

武左衛門の話を聞いて、丹次には声もなかった。

行先を失った佐市郎が、その後、どこでどう生き延びているのか、あるいは、すでに死んだのかも分からない。

見えない眼を持った佐市郎は、暗闇を手探りで歩いているようなものだ。

だが、歩けているのだろうかと思うと、胸が痛む。

すべては、おれのせいなのだ――丹次の胸は苛《さいな》まれた。

ただ一つの光明は、佐市郎の為に奔走してくれた女がいたということだ。

おそらく、小春という、『武蔵屋』の元奉公人なのではなかろうか。

小春に会うことが出来れば、佐市郎の居所に辿り着けるような気がした。

四

日の出前に朝餉を済ませた丹次は、六つ半（七時頃）に『治作店』を出た。

湯島切通近くの居酒屋で、武左衛門の報告を聞いた翌朝である。

丹次はこの日、まず根岸へ行き、その後亀戸に向かうつもりだった。

昨日、日本橋本石町の口入れ屋『喜熨斗屋』を訪ねた丹次は、『武蔵屋』の元奉公人の小春を、亀戸の料理屋『天満屋』に斡旋したと、主の庄兵衛から聞いた。『喜熨斗屋』が『天満屋』に小春を斡旋したのは、一年以上前の、文政三年二月のことだから、そのまま奉公を続けているかどうかは分からない。

だが、小春を訪ねないわけには行かなかった。

湯島切通町を後にした丹次は、上野東叡山下から下谷車坂町を通り、ひたすら北へと歩み続けた。

絵師、大原梅月の住まいは、根岸、金杉村の御嶽社《みたけしや》の東隣りにあると、お杉から聞いていた。

下谷坂本町の丁字路を、左へと曲がった丹次は、安楽寺の先の田圃道《たんぼ》の四つ辻を右へと折れた。

丹次の行く手には、長閑《のどか》な里山の風景が広がっていた。

様々な小鳥の声が、稲の伸びた田圃に響き渡っている。

行く手に、不規則に交わる四つ辻があり、右側の角地に立木に囲まれた社《やしろ》が建っていた。

丹次は軽く笠を持ち上げて、道端に立つ鳥居の扁額《へんがく》に『御嶽』の文字があるのを見つけた。

「ここは、御嶽社で間違いありませんね」

丹次が、背負い籠《かご》を担いで通りかかった土地の男に声を掛けると、

「そうですよ」

との返事だった。

御嶽社の前を通り過ぎ、東へ少し行った先に右へ入る小道があり、その先に、灌《かん》木《ぼく》に囲まれた、藁ぶき屋根の家が見えた。

丹次は、小道へと入って行った。

大原梅月は、庵のような家に住んでいると聞いていたが、前庭の向こうに建っているのは、六畳間が三つはありそうな百姓家だった。

おそらく、無住になった百姓家に手を加えて、住居と絵を描く場所にしたのだろうと察せられる。

「大原梅月様はこちらでしょうか」

笠を取った丹次は、戸口に立って声を掛けた。

ほどなくして、中から戸が開けられた。

「どちら様でしょうか」

戸の向こうに立った三十ほどの女に尋ねられた丹次は、丑松と名乗り、昔の恩人である、『武蔵屋』の主だった佐市郎を捜している者だと説明した。

「少しお待ちを」

そう言い残して、女は奥に去った。

ほどなくして、家の奥の方から、どすどすと板を踏む足音が近づいて来て、

「丑松さんとやら、お入りなさい」

上がり口に立った男が、外に向かって大声を張り上げた。

「ごめんなさい」

腰を折るようにして、丹次は土間に足を踏み入れた。

「大原梅月です」

絵師というよりは、剣術使いのような梅月が、だみ声で名乗った。そしてすぐ、

「上がって、わたしに付いて来て下さい」

返事も聞かず、梅月は奥へと足を向けた。

急ぎ後に続くと、囲炉裏《いろり》の間を通り過ぎて、建物の裏の縁側に出た。

「ここで話をしましょう」

梅月は、どかりと腰を下ろして狭い庭の方を向いて胡坐をかいた。

丹次も倣《なら》って、胡坐をかいた。

狭い庭の際には、伸び放題の野草が生えている。

「佐市郎は、あんたにとっても恩人ですか」

突然、梅月が口を開いた。

「はい。親の勘当を受けて、世間の隙間で生きていくしかなかったわたしに、何かと優しい言葉を掛けてくれまして」

勘当されて行き場を失った時、兄、佐市郎から優しい言葉を掛けられた時のことを思い出していた。

丹次は、『武蔵屋』の元台所女中のお杉から居所を聞いて、訪ねて来たと打ち明けた。

「お杉さんか。懐かしいね。元気でしたか」

「はい。鋸の目立てをしておいでのご亭主と二人暮らしでして」

丹次がそう言うと、梅月はうんうんと頷いた。

そこへ、入り口で応対に出た女が現れて、丹次と梅月の脇に湯呑を置いた。

「としさん、それは麦湯かい」

「井戸水の方が冷たいと思いまして」

としさんと呼ばれた女が、鈴のような声で返答した。

「丑松さん、ここらの井戸水は、ひゃっこくてよろしいぞ」

梅月がもったいぶった物言いをすると、としさんと呼ばれた女が大きく相槌を打って、

「ごゆっくり」

と、縁を去って行った。

「いまのお方は」

「女房のお敏《とし》」

さらりと口にした梅月が、井戸水を飲んだ。

丹次も湯呑に口を付けた。

「佐市郎とは、学問所で机を並べた間柄なんだが、その後絵師を目指したものの、なかなか売れずにいたんだよ。その頃、『武蔵屋』を継いだ佐市郎が、ちょこちょ

こと絵を買い上げてくれましてね。いい出来だなんて言ってたが、あれは、奴の優しい援助だったんだよ。そのお蔭で、わたしととしさんは、飢え死しなくて済んだのさ」

そう口にした梅月が、ウウと、唸るように息を吐いた。

「わたしも、佐市郎の消息は気になっているんだがね」

そう呟いた梅月が、

「一年半以上前になるが、佐市郎のことで、『武蔵屋』の女中だったという女が、ここを訪ねて来たことがあった。その時は、絵を描きに江戸を離れていて、旅から帰って来た後、としさんからそのことを聞いたんだ」

その時期は、『武蔵屋』が人手に渡って十日ほど後のことだったと、梅月は覚えていた。

「また訪ねて来るだろうと待っていたんだが、年が明けてからも、とうとうなんの音沙汰もなかったよ」

無念そうに呟くと、梅月はため息をついた。

「先生に、ちょっと見てもらいたいものがあるんですが」

そう口にすると、丹次は、畳んだ紙を懐から出して、縁の上に広げた。

藍色一色で刷られた忘れ草の図柄である。

「出来としては、素人の域を出ておらんが、絵柄がよいな。藍色もいい。百合の花かな」

刷り物を手に取って見ていた梅月が、そう評した。

「昔、絵を描いていた佐市郎旦那に聞いたことがありますが、その時、忘れ草だとかなんとか」

「あぁ。なるほど、忘れ草か」

「この刷り物が、ひょっとして、佐市郎旦那の手になるものではないかと、ふっと思ったのですが」

そう口にした丹次が、そっと梅月の顔を窺った。

梅月は、刷り物に眼を近づけて、食い入るように見つめた。

「それはなんともなぁ。眼の不自由になった佐市郎に、果たして版画が刷れるかどうか。傍に誰か付いていて、手助けがないと、版画は無理だよ。しかし、これをどこで」

梅月が、忘れ草の刷り物を丹次の前に置いた。

「これで草履を包んで下すった仕事先のお内儀によりますと、人形屋から届けられた五月人形に、傷が付かないように包んであった紙の一枚でして」

「となると、出所はなかなか。人形屋がこの刷り物のことを気にしていれば、話はまた別だがね」

おそらく、梅月の言う通りだろう。

丹次は、刷り物の紙を折り畳むと、懐に押し込んだ。

あ、そうだと呟いた梅月が、

「『武蔵屋』が人手に渡るひと月ほど前、わたし、顔料を買いに行ったついでに、佐市郎を訪ねたんですよ」

そう口にして、うんうんと頷いた。

「佐市郎は、なんだか追いやられたように、奥の薄暗い部屋にいたんですが、笑顔で迎えてくれました。その頃、噂で聞いていた通り、女房からはとっくに背を向けられていましたよ。だってね、夫の知り合いが訪ねて来たと知れば、挨拶くらいするもんじゃないか」

梅月の声音に怒気が混じった。

が、すぐに苦笑を洩らして、話を続けた。

「ただ一つ、救いだったのは、佐市郎の傍には、二十三、四くらいの女中がついていて、甲斐甲斐しく動いていたことだよ。わたしが行った時は、その女中が、濡れ縁のところで、絵筆を洗っていたなぁ。利発そうな顔をしていたが、出しゃばることはなかった。穏やかで、気の利く女中だった」

「これまで、いろいろな人に佐市郎旦那の行方を尋ねましたが、その女中は、多分、小春という女だと思います」

丹次には、確信のようなものがあった。

ふっと、自分を見ている梅月の視線に気付いた。

「なにか」

「すまんすまん。絵師の癖というのか、ついつい、顔や物の形に眼が行くんだよ。町を歩いていても、すれ違った女に眼が行って、としさんに腕をつねられるんだ。いまのは絵師の眼ですか、それとも男の眼、なんてね」

小さく苦笑いを浮かべると、

「もし、あの時の女中が佐市郎の傍に居てくれたら、安心なんだがな」

独り言のように口にした梅月は、庭の向こうの木々を見上げて、とんとんと後頭部を叩いた。

その時、遠くで鐘の音がした。

「四つ（午前十時頃）か」

ぽつりと梅月が呟いた。

「東叡山の時の鐘ですか」

「うん。風向きによっては聞こえんこともあるが、だいたい聞こえる」

梅月が丹次を見て、笑みを浮かべた。

「お前さん、丑松さんと昼餉の打ち合わせは、お済ませですか」

囲炉裏の間を横切って来たお敏が、縁側近くに片膝を突いて、梅月を見た。

「そうそう。丑松さんは、昼餉、食っていくよな？」

梅月が、丹次に顔を向けた。

「いえ、わたしはもうそろそろお暇《いとま》を」

「遠慮は無しですよ」

お敏が、さらりと口にした。

「そうそう、としさんの言う通りだ」

「佐市郎旦那の傍に付いていた、小春という女中が働いているらしい亀戸の料理屋に、これから足を延ばしますんで」

丹次は、梅月夫婦に頭を下げた。

「それじゃ、仕方ないな」

「またいつか、こちらに足をお運びなさいまし」

丹次にそう声を掛けると、お敏は奥へと去って行った。

「亀戸でなにか分かったら、お知らせに参じますので、今日のところは」

挨拶を口にして、丹次は腰を上げた。

「入り口まで送るよ」

梅月は、丹次が履物を脱いだ土間まで付いてきた。

草履に足を通して振り向くと、上がり口に両足を踏ん張った梅月が立っていた。

「丑松さん、あんた、佐市郎の弟さんじゃないのか」

いきなり問いかけられて、丹次は言葉がなかった。

「さっきも言ったが、絵師は、顔の形をよく見るんだよ。あんたを見てたら、骨格が、佐市郎によく似てるんだよ」

「失礼します」

問いかけには答えず、丹次は、土間から表へと、梅月の家を逃げるように後にした。

根岸の金杉村を後にした丹次は、浅草を通り過ぎると、大川に架かる大川橋を渡って、中之郷に進んだ。

中之郷から亀戸までは、さほどの道のりではない。

浅草、橋場の博徒の子分だった丹次は、本所、亀戸の道にも明るかった。

横川に沿って南へ向かい、法恩寺橋を東へと渡った。

その道をまっすぐに進めば、天神橋である。

料理屋『天満屋』は、天神橋を渡って左に曲がった、亀戸町にあるということだった。

丹次は、天神川とも呼ばれる十間川に面した料理屋に眼を凝らして歩いたが、

『天満屋』の看板が見当たらない。

寺の際まで行って引き返したのだが、やはり、なかった。

「ちとものを尋ねるが、この辺りに『天満屋』という料理屋はありませんかねぇ」

真新しい普請の小間物屋の店先で、品物を並べ替えていた男に声を掛けると、

「そこは、焼けました」

と、素っ気ない声が返って来た。

一年少し前の文政三年の三月に、『天満屋』から火が出て、その両隣りの小間物屋と茶店が焼けたのだと、忌々しげな物言いをした。

三軒とも全焼はしなかったが、火元の『天満屋』は亀戸での商いを諦めたという。

「『天満屋』の奉公人のことは、ご存じありますまいね」

「死人が出なかったことだけは確かだが、あとは知らないね」

小間物屋の男の口ぶりは、最後まで冷ややかだった。

「ありがとよ」

小さく礼を口にした丹次は、小間物屋を離れると、天神橋の真ん中で立ち止まった。

北側の欄干《らんかん》に凭《もた》れて、かつて『天満屋』があった辺りをぼんやりと眺めた。小春へと辿る糸が、ここで切れた。

五

藤の季節は終わっていたが、亀戸天神の境内は相変わらずの人出があった。門前の茶店に入った丹次は、亀戸名物の蜆汁《しじみじる》と握り飯で昼餉を済ませた後、境内に足を踏み入れた。

以前、春山武左衛門ががまの油売りをしていたのは、人が集まりそうもない、奥まったところにある辺鄙《へんぴ》な一画だった。

足を進める丹次の耳に、行く手からドッと、笑い声が上がった。二重に取り囲んだ人垣の中で、がまの油売りの口上を堂々と並べ立てている武左衛門の姿があった。

炎天下で汗を滴《したた》らせながら、お国の訛りで口上を述べる様子に、客は好感を持って集まっているのが見て取れる。

　口上が終わると、

「貰うよ」

「おれにもくれ」

と、三尺の台に並べられていた薬が、あっという間に売り切れた。

「おありがとうございます。お蔭様にて売り切れと相成りましたからには、本日はこれぎりとさせていただきます」

　武左衛門が深々と腰を折ると、見物の連中が左右に散って行った。

「春山さん、いい調子ですね」

「これは丑松殿、こちらには何ごとで」

　丹次は、『武蔵屋』に関わりのあった奉公人を訪ねて来たことを口にしたが、

「不首尾でしたよ」

　そう打ち明けて、苦笑いを浮かべた。

「春山さん、今日も品切れのようじゃありませんか」

　笑顔で近づいて来たのは、若い者を一人従えた、三十七、八の押し出しのいい着流しの男だった。

「これは親分、見回りですか」

「たまには見て回らないとね」

武左衛門に返事をした男が、丹次に眼を向けた。

「あ、親分、この人が、以前お話しした、同じ長屋の住人の丑松さんでして」

武左衛門が男に告げると、

「いつもお世話になってる、亀戸の香具師の、長蔵親分ですよ」

丹次と長蔵を引き合わせた。

「おぉ、例の、訛りのまま口上をと、そう口添えしたという、あの」

長蔵が、丹次に眼を向けた。

「お初にお眼に掛かります」

丹次は、小さく会釈をした。

「いやぁ、しかし、あんた、春山さんに思い切ったことを言いなすったもんだ」

感心したように、長蔵は首を傾げた。

「江戸には、生国を離れたお侍などが多くいますから」

「ちげぇねぇ。実はね、亀戸には、面白いがまの油売りがいるそうじゃないかと、内藤新宿の元締の耳にも届いてるんですよ」

満面の笑みを浮かべた長蔵が、

「それにしても春山さん、いい知り合いがいてよかったじゃありませんか」

と、丹次と武左衛門を交互に見やった。

「さよう。それで、近々、酒を奢るつもりでして」

武左衛門がそう宣言した。

「その酒盛りの足しに」

長蔵が、巾着から摘まんだ金を武左衛門の手に握らせた。

「こんなこと」

武左衛門が言いかけたのを制するように、

「いいってことですよ」

言い放った長蔵は、片手を上げてすたすたと歩き去った。

六

両国橋一帯は、夕焼けに染まっていた。

ほんの少し前に日は沈んだが、丹次と武左衛門は、夕焼けの空に向かって橋を渡っていた。

武左衛門は、赤い鉢巻こそ外していたが、白の着物に袴という、がまの油売りの装《な》りで、〈がまの膏〉の幟《のぼり》を付けた竹を杖にして歩いている。

丹次は、武左衛門ががまの油を早めに売り切ると、二人で亀戸天神とその周辺を散策した。

これまで何度も足を踏み入れたことのある丹次だったが、行楽の為に歩いたことは一度もなかった。

境内を回り、境内を囲むようにして建ち並ぶ料理屋や茶店を見て回ると、あっという間に一刻（約二時間）が過ぎた。

丹次はその後、明日の為にがまの油を仕入れるという武左衛門について、亀戸の長蔵親分の家に立ち寄った。

長蔵の家は、伊予大洲藩、加藤家の抱え屋敷と隣り合う亀戸町にあった。

夕刻の長蔵の家は、様々な物売りたちで混み合っていた。

売れた分の補充を今日のうちにしておかないと、明日、早朝からの商いの障りになるのだと、丹次は武左衛門から聞かされた。

仕入れは、少し待っただけで済んだが、口上が評判をとっている武左衛門に話しかけて来る物売りたちの対応に追われて、長蔵の家を出るまでに半刻（約一時間）ほど掛かってしまった。

「春山さん、湯島近くでということでしたが、この近くでどうですか。元浜町に知ってる居酒屋があるんですがね」

両国橋を渡り終えると、丹次は武左衛門に持ちかけた。

「元浜町というと」

「ここからほんの少し、西に行った辺りです」

小伝馬町の牢屋敷のある方を指さすと、

「それがしは、どこへでも」

武左衛門は、丹次の申し出を受け入れた。

両国広小路から、米沢町の角を左に曲がって、まっすぐに進むと、浜町堀に架かる汐見橋にぶつかる。

武左衛門と並んで汐見橋を渡った丹次は、堀沿いの道を南へ向かった。

行く手の千鳥橋の手前、右手に、夕闇に包まれはじめた建物が見えた。

千鳥橋の袂を右に曲がって表通りに立つと、『三六屋』と書かれた軒行灯に火が入っていた。

開けっ放しの戸口に下がった縄暖簾を分けて、武左衛門を先に通すと、その後ろに丹次が続いた。

「いらっしゃいまし」

空いた器を板場に運びかけていたお七が、「あら」という顔をして、武左衛門の後ろの丹次に眼を向けた。

「二人なんだが」

丹次がそう言うと、お七が、板張りの奥を手で指した。

「酒を二本と、料理は任せますよ」

お七にそう言うと、丹次と武左衛門は板張りに上がり、小さな障子窓のある壁際に座り込んだ。

板張りには、框に腰掛けたまま酒を酌み交わす大工など、出職の職人や担ぎ商いの男たちが車座になって飲み食いをしている。

丹次は、二階への階段のある土間の方を向いて、武左衛門と向かい合っていた。

この場所に初めて座った丹次は、小さな障子窓を開けた。

外は坪庭になっていて、畳一畳ほどの暗がりに八つ手が二本、植わっていた。

「丑松殿は、この店にはよく参られるのかな」

「たまにですがね」

返事をして障子を閉めると、膝を揃えた武左衛門が改まった。

「このたびは、まことにありがたいことであった。改めて、丑松殿に礼を申す」

両手を膝に置いた武左衛門が、丹次に向かって身体を倒した。

「丑松殿の助言のお蔭にて、この春山武左衛門、ようやく、江戸にて暮らしを立てられまする」

「春山さん、分かりましたから、足を崩して下さいよ」

丹次は、片手を打ち振った。

店内には話し声が飛び交っていて、武左衛門の声を気にするような客はいなかったが、丹次が照れた。

「いやぁ、いまになって思うと、国の言葉というものに、それがしは卑屈になっておった」

胡坐をかいた途端、武左衛門はしみじみとした声を発した。

「思い切って、口上を大声で張り上げるうち、訛っていることが段々平気になっていったのだよ。そうしたら、参拝の人たちが、それがしの前で足を止めるようになってな」

そう述懐した武左衛門は、腕を組むと大きく息を吐いた。

「お待ちどおさま」

お七が、徳利と盃を載せたお盆を丹次と武左衛門の間に置くと、土間の近くに置いていた料理の器と皿を取りに行って、二人の間に並べた。

「こちらは」

お七に見られて、武左衛門の顔が幾分強張《こわば》った。

「同じ長屋の住人の、春山さんです」

「ぶ、ぶ、武左衛門と申す」

武左衛門が、身体を前に倒した。

「七と申します。一つお酌を」

お七が徳利を勧めると、

「これは痛み入る」

武家の言葉を丸出しにした武左衛門が、盃を差し出した。

お七が、小さく震える武左衛門の盃に酒を注ぐと、

「いかが」

今度は、丹次に向かって徳利を掲げた。

「遠慮なく」

丹次は、お七に酌をしてもらった。

「ごゆっくり」

小さく会釈をしたお七は、土間に下りて、板場に消えた。

「では」

武左衛門が盃を掲げると、丹次もそれに倣い、盃に口を付けた。

「丑松殿、ここの払いは心配なきよう。長蔵親分から貰った一朱（約六千五百円）があるから、大船に乗ったつもりでな」

そう言うと、徳利を手にして、丹次に勧めた。

「春山さん、注いだり注がれたりは面倒ですから、あとは勝手に注ぐってことにしませんか」

「承知した」

武左衛門は、大きく頷いた。

「亀戸の親分が、春山さんのことは、内藤新宿の元締の耳にも届いていると口にしていましたが、それは、誰のことですか」

「それがしは一度も顔を合わせたことはないが、内藤新宿の追分に近い、天竜寺門前町の親分で、亀戸の長蔵親分をはじめ、両国、板橋に居を構える、三人の香具師《やし》の親分を束ねる、いわば大親分だそうだ」

武左衛門によれば、香具師の世界には、一匹狼の香具師の他に、何人かの香具師の親分を束ねる、元締と呼ばれる大親分がおり、江戸には何人かいるらしいとのことだった。

天竜寺門前町の元締は金蔵《きんぞう》といって、内藤新宿は当然のことながら、甲州街道の府中の辺りにまで、息のかかった者を配しているという。

「金蔵親分には、追分の金蔵という二つ名もあるそうだ」

そう口にした武左衛門が、一気に酒を飲み干した。

『三六屋』の外はすっかり暗くなっている。

飲み食いをして半刻（約一時間）も経つと、客の大半が入れ替わっていた。

刻限は、おそらく五つ（八時頃）くらいだろう。

居職の職人や近隣の小商人、それに、近くの旅籠の泊まり客らしい者も見受けられた。

板場に近い、土間の足置きの設けられた框には、これから両国辺りに繰り出そうというような、遊び人らしい二人の若者が腰掛けて、酒を酌み交わしていた。

丹次は、盃に残っていた酒を飲み干した。

食べ物の器は大方が空になり、二本目の徳利を、たったいま空にしてしまった。

空の器の向こうでは、海老のように身体を丸めた武左衛門が、床で寝息を立てている。

その向こう側では、鼠色の着流しに身を包んだ白髪の老爺が一人、黙々と酒を飲んでいた。

「お待たせを」

土間から上がって来たお七が、丹次の前に徳利を置くと、

「空いた器は下げますね」

と、大きめの折敷《おしき》に空いた器を重ねて載せた。

「こちらさんの、白い装りはなんなんですか」

立ちかかったお七が膝を突いて、寝ている武左衛門の白い衣装を指した。

「春山さんは、がまの油売りをしているんだよ」

「へぇ。この近くだったら、両国広小路あたりですかねぇ」

「亀戸天神の境内だよ」

丹次が口を開くと、板場近くの框に腰掛けて飲んでいた男二人が、ふうっと首を回した。

「亀戸っていうと」

首を回して見た男の一人が、ぽつりと呟くと、

「天神川《てんじんがわ》の親分だ」

もう一人の、細身の男は小声で返事をした。

「店に来るお客さんから、お国訛りの強いがまの油売りがいるそうだと聞いたことがありますけど」

「それが、この人だよ」

丹次が、眼で武左衛門を指し示した。

「いらっしゃい」

入って来た客に声を掛けると、お七は立って、板場に器を下げた。

開けっ放しの戸口から、鐘の音が忍び込んできた。

五つを知らせる時の鐘だった。

丹次が、酒を一口飲んだ。

「結局のところ、おれが悪いんだ」

ぼそりと呟くような、男の声がした。

どうやら、寝ている武左衛門の向こう側で、一人飲んでいる白髪頭の老爺が発した声のようだ。

「女房子供を、おれは、顧みなかったからよぉ。博打に女に、へへ、そのうち悶着を起こして、江戸所払《ところばら》いだ」

老爺は、誰に喋るでもなく、酔い痴《し》れて、酒を飲む間に、独り言を呟いていた。

「三年もすれば江戸に戻れたのによぉ、おれは意地を張っちまって、名古屋から上方を渡り歩いて、とうとう、十年以上も旅暮らしだ。参るね。五十の坂を越すとなんだね、里心ってものがよ。それで、十五年ぶりに舞い戻ったってわけさ。ところが、情けねぇことに、てめえの家に、すんなり入れねぇと来た。女房子供が、なんと言って、迎えてくれるのか、くれねぇのか、そのあたりが怖くて、足が動かなくなるから面白ぇじゃねぇか。うん、家はね、この先、橋本町一丁目。もう、すぐそこ。近いってのに、へへへ、行きそびれててさぁ」

がくりと首を前に倒した老爺の手の盃から、酒が零《こぼ》れた。

「十五年だぜぇ。女房が生きてるかどうかも、知れやしねぇ。娘だっておめぇ、嫁に行ってもおかしくねぇ年頃だぁ。それでも、思い切って敷居を跨《また》ぐか、このまま江戸をふけるかだが、どうしたもんかねぇ、兄さん」

盃を口に運びかけてふっと顔を上げると、老爺が、焦点の定まらない眼を、丹次に向けていた。

「おいおい、爺さんよぉ、さっきから聞きたくもねぇ話を聞いていたのは、独り言だからだよ。そうやって、お客さんを巻き込むとなると店の迷惑だ。追い出しちまうよ」

そう口にしたのは、板場近くの框に腰掛けて飲んでいた二人の男のうちの一人で、細身の男だった。

「わたしでしたら、お構いなく」

丹次は、男二人の方に小さく会釈をした。

「ほうれ、この人がそう言うんだから、おめぇたちが出しゃばることたぁねぇんだよ、破落戸《ごろつき》どもが」

「おい、爺さん」

背は低いが、逞《たくま》しい身体つきをした、細身の男の連れが、眼を吊り上げて立ち上がった。

「妙な口出しをするんじゃないよ」

板場から土間に飛び出して来たお七が、男二人をぴしりと抑えた。

「こちらがいいとお言いなんだから、放っておき」

丹次を指して、お七がさらに言い添えると、男二人は素直に頭を下げて、框に腰を掛け直した。

表から、人影が二つ、音もなく入り込んできた。

「市松《いちまつ》親分、いま時分、なにごとですか」

声を掛けたのは、お七だった。

入って来た人影の一人は、十手を帯に挿《さ》した目明しで、もう一人は、羽織を腰のあたりまで捲《まく》り上げた奉行所の同心だった。

「大伝馬町の履物問屋で、番頭や手代たちが金勘定をしている真っ最中に、一人の手代が、帳場の金二十両を鷲摑《わしづか》みにして逃げやがったんで、北町の旦那と駆け回ってるんだよ」

お七から市松と呼ばれた目明しは、同心に頭を下げた。

「怪しい者が飛び込んで来なかったかね」

特段怪しむ風でもなく、同心が、店内を見回した。

「お前ら、初音《はつね》の親分のとこの若いもんじゃねぇか」

市松が、框に掛けていた細身の男と背の低い男に眼を向けた。

「どうも」

細身の男がぺこりと頭を下げると、背の低い男も倣った。

「市松親分、お役人様ともども、一杯召し上がっていきませんか」

お七が気を利かせると、

「走り詰めで喉が渇いた。出来れば、水を貰いたいが」

「すぐに」

お七はすぐに応じて板場に入った。

その後から、市松も続いた。

丹次は、土間に立っている同心を眼の端で見詰めていた。

入って来た時から、同心の顔に見覚えがあった。

江戸に戻ってすぐの頃、『武蔵屋』のあった建物で小間物屋を営む『永楽堂』を訪ねた時、雲水姿の丹次に声を掛けた同心だった。

島を抜けたばかりだった丹次は、逃げた。

そして、『三六屋』の裏手に身を隠して、同心から逃げおおせたのだ。

お七と初めて顔を合わせたのは、その時のことだった。

「お待たせを」

お七の後から、湯呑を二つ持った市松が土間に出て来て、一つを同心に手渡した。

「柏木様、これからどうします」

一口水を飲んだ市松が、同心を見た。

「お店者が日の落ちた道をふらふら逃げてりゃ、そのうち、走り回ってる御用聞きの眼に留まる。今夜は、亀井町の自身番に詰めよう」

そう言って水を飲む同心を、丹次は眼を凝らして見ていた。

同心は、市松から柏木と名を呼ばれた。

佐市郎が学問指南所に通っていた時分からの友人に、柏木という、北町奉行所の同心になった男が居ると、お杉が口にしていた。

「なにか」

水を飲み干した柏木が、丹次に眼を向けた。

「いえ」

動揺を抑えて眼を逸らした丹次は、努めてゆっくりと、酒を注いだ。

「ご馳走になったな」

お七に声を掛けた市松は、柏木の後ろに付いて表通りへと出て行った。

丹次のすぐ近くで、ジャラリと銭の落ちる音がした。

巾着から銭を出そうとして落としたらしく、白髪の老爺が板張りに這《は》って、散らばった銭を拾いはじめた。

「姐さん、いくらだい」

拾いながら声を発すると、板張りに上がって来たお七が、銭拾いを手伝った。

「これだけでいいよ」

お七は、拾い集めた銭の中から幾らか取ると、残りの銭を老爺の巾着の中に入れた。

「それじゃ」

立ち上がろうとした老爺が、少しよろけて、お七の肩に手を突いた。

咄嗟に腰を上げた丹次は、寝ている武左衛門を跨いで、老爺の腕を取って支えた。

「帰るなら、おれが送るよ」

丹次が声を掛けると、老爺がこくりと頷いた。

「だけど」

「爺さんのこの足じゃ、堀に落ちますよ。橋本町ならすぐそこだから、連れが眼を覚ましたら、事情を話しておいて下さい」

お七にそう頼むと、丹次は老爺の腕を取って、土間に下り、履物を履かせて表へと導いた。

丹次は老爺の腕を取って、浜町堀の西河岸を北へと向かった。

堀に架かる橋を四つばかり通り過ぎたあたりが、橋本町一丁目である。

橋を三つ通り過ぎたところで、老爺が足を止め、丹次の手から腕を外した。

「ひとつ、ふたつ、みっつ」

老爺が、定まらない指先を天に向けて、数えはじめた。

「星の数かい」

七つまで数えたところで、丹次が口を挟んだ。

「馬鹿野郎、星の数ほどは生きられねぇよ。ふん。七つまで勘定したから、おれの寿命もせいぜい、あとなな月ってとこだろうよ」

「口を挟んですまなかったよ」

「いいってことさ。兄さん、もう、ここでいいよ」

片手をひらひら打ち振ると、老爺は覚束《おぼつか》ない足取りながら、次の橋へと辿り着き、その橋を渡り切った先の小路へと姿を消した。


丹次が『三六屋』へ戻ってくると、客が居なくなっていた。

板場には板前の姿もなく、板張りに寝ていた武左衛門の姿もなかった。

「お連れさんに事情を話したら、先に帰るからよろしくと、百文（約二千五百円）を頂戴しました」

「二人分で？」

「えぇ」

にこりと頷いたお七が、

「さっきの、あの、白髪のお客さんは」

「途中で、付き添いを断られたよ」

丹次は、小さく苦笑いを浮かべた。

「あの爺さん、三日続けて来てるんですよ」

そう口にすると、お七は框に腰を掛けた。

「酔うと、愚痴を並べるんですよ。今日も愚痴った昔話を、昨日も一昨日も」

「ほう」

丹次は、お七と少し間を取って、框に腰掛けた。

「所払いになったのは本当かもしれませんが、橋本町に家族なんか居やしないんですよ。とっくに分かってるのに、今日になれば、もしかしたら昔の家に家族が居るんじゃないかなんて、それをよすがに、日を送ってるんですよきっと」

そう言い切ったお七が、両手でぽんと両足を叩いた。

「お酒、少し付き合いませんか」

丹次の返事も聞かず板場に入ったお七は、湯呑二つと、片口になみなみと注いだ酒を持って来て、丹次との間に置いた。

そしてすぐに、お七が注ぎ分けて、二人はなにも言わずに湯呑に口を付けた。

「こんなところを旦那に見られると、まずいことになりますね」

軽口を叩くと、お七は丹次に、訝しげな眼を向けた。

「この前、見かけましてね」

と、二階へ上る階段を指さした。

すると、ふっと笑みを零したお七が、

「この店を出してくれた人ですよ」

吐き出すように言って、湯呑を口に運んだ。

「でももう、腐れ縁のようなもんでしてね。向こうさんには、深川辺りに若い女がいるらしいですよ」

他人事のようにさらりと口にしたお七は、

「あたしね、あんたを怪しんでるのよ」

そう言い放って、ふふと笑った。

「名も名乗らないし」

「丑松です」

「最初に見た時は雲水姿で、次に現れたら、粋な遊び人の装りでさ。何か事情を抱えてるとしか思えないじゃないか」

「さっきの、父っつぁんとおんなじですよ。いなくなったお人を捜してまして」

「女？」

「男です」

「どうだか」

ふふと笑って、お七は湯呑の酒をちびりと飲んだ。

「なにかを抱えてるのは、お七さんもおんなじじゃありませんか」

ぽつりと言うと、お七が、刺すような視線を丹次に向けた。

「さっき、そこにいた、堅気には見えない男二人に物を言ったお七さんには、凄みがありましたからね」

「酒飲み相手の商売をしてますと、ついつい、向こうっ気は強くなるもんですよ」

抑揚のない声で答えると、お七は、天井を向いてふうと息を吐いた。

丹次は、ふっと、框に腰掛けて酒を飲んでいた男二人の顔を思い浮かべた。

細身の男の顔を、どこかで見たような気がするのだ。

あの男を知っているのか――お七に尋ねようかと思ったが、やめた。

お七には謎があるような気もする。

深入りをしてはいけないようなものが、お七にも『三六屋』にもあった。

「それじゃ、わたしはそろそろ」

丹次が腰を上げると、お七も立ち上がった。

戸を開けて、丹次は外に出た。

「ご馳走になりまして」

「なんの」

戸の中で笑みを見せたお七が戸を閉め、心張り棒を掛ける音がした。

堀が近いせいか、夜気は湿っている。

空にはおぼろ月があった。

静まり返った町の通りに、丹次の足音だけが響き渡っていた。

この作品は書き下ろしです。

幻冬舎時代小説文庫

●好評既刊
追われもの一
破獄
金子成人

八丈島に流罪となった博徒・丹次のもとに実家の窮状が伝えられた。焦燥にかられた丹次は島抜けして遥か彼方の江戸を目指すと決意し……。時代劇の人気脚本家が贈る骨太の新シリーズ始動！

●最新刊
怪盗鼠推参 三
稲葉 稔

表の顔は米問屋の居候、裏の顔は二代目鼠小僧の百地市郎太。相棒のお藤と旗本屋敷に忍び込んだその時分に古本屋で残忍な殺しが発生し、町方の大谷木から下手人の疑いをかけられてしまう。

●最新刊
悪党町奴夢散際
乾 緑郎

慶安三年。町人の悪党集団「町奴」の頭領・幡随院長兵衛が殺害されたのをきっかけに、対立する旗本の悪党集団「旗本奴」と町奴の間で抗争が勃発。一気読み必至の江戸版「仁義なき戦い」！

●最新刊
天下一の軽口男
木下昌輝

時は江戸時代中期。笑いで権力に歯向かい、物真似や滑稽話で、天下一の笑話の名人と呼ばれた男がいた。名は、米沢彦八。彼は何故笑いに一生を捧げたのか？　ぼんくら男の波瀾万丈の一代記。

●最新刊
遠山金四郎が消える
小杉健治

老中に楯突き、南町奉行を罷免された矢部定謙。北町奉行遠山金四郎は、友との今生の別れを覚悟する。一方、下谷で起きた押し込みの探索を指示する金四郎だが、事件の裏に老中の手下の気配が――。

幻冬舎文庫

●最新刊
日替わりオフィス
田丸雅智

「なんだか最近、あの人変わった?」と噂される社員たちの秘密は、職場でのあり得ない行動に隠されていた。人を元気にする面白おかしい仕事ぶりが収録された不思議なショートショート集。

●最新刊
天国の一歩前
土橋章宏

若村未来の前に、疎遠だった祖母の妙子が現れた。会うなり祖母は倒れ、介護が必要な状態に……。夢も生活も犠牲にし、若年介護者となった未来は疲れ果て、とんでもない事件を引き起こす――。

●最新刊
ペンギン鉄道なくしもの係 リターンズ
名取佐和子

電車の忘れ物を保管するなくしもの係。担当の守保が世話するペンギンが突然行方不明に。ペンギンの行方は? なくしもの係を訪れた人が探すものは? エキナカ書店大賞受賞作、待望の第二弾。

●最新刊
江戸萬古の瑞雲《ずいうん》
多田文治郎推理帖
鳴神響一

世に名高い陶芸家が主催する茶会の山場となった「普茶料理」の最中、厠に立った客が殺される。犯人は列席者の中に? 手口は? 文治郎の名推理が始まった。人気の時代ミステリ、第三弾!

●最新刊
1968 三億円事件
日本推理作家協会 編/下村敦史 呉 勝浩
池田久輝 織守きょうや 今野 敏 著

1968年(昭和43年)12月10日に起きた「三億円事件」。昭和を代表するこの完全犯罪事件に、人気のミステリー作家5人が挑んだ競作アンソロジー。物語は、事件の真相に迫れるのか?

追《お》われもの二　孤狼《ころう》

金子成人《かねこなりと》

平成30年12月10日　初版発行

発行人――石原正康
編集人――袖山満一子
発行所――株式会社幻冬舎
〒151-0051東京都渋谷区千駄ケ谷4-9-7
電話　03(5411)6222(営業)
03(5411)6211(編集)
振替00120-8-767643
印刷・製本―株式会社　光邦
装丁者――高橋雅之

幻冬舎時代小説文庫

ISBN978-4-344-42819-5　C0193　か-48-2

幻冬舎ホームページアドレス　http://www.gentosha.co.jp/
この本に関するご意見・ご感想をメールでお寄せいただく場合は、
comment@gentosha.co.jpまで。